Antes de ser libres

de julia alvarez

traducido del inglés por
liliana valenzuela

MAI

Publicado por Dell Laurel-Leaf
una sucursal de Random House Children's Books
una división de Random House, Inc. Nueva York

The original 2002 English edition was awarded the Pura Belpré Author
Medal.

Dell y Laurel son colofones registrados de Random House, Inc.

Visítenos en la red: www.randomhouse.com/teens

Educadores y bibliotecarios, para encontrar una variedad de materiales
pedagógicos, visítennos en www.randomhouse.com/teachers

ISBN: 0-375-81545-7 (pbk.)
0-375-91545-1 (lib. bdg.)

Reimpreso bajo un acuerdo con Alfred A. Knopf

Impreso en los Estados Unidos de América

Primera edición Dell Laurel-Leaf Marzo 2004

10 9 8

OPM

para los que se quedaron

contenido

uno   *La goma de borrar con forma de la República Dominicana* 1

dos   *¡Shhh!* 14

tres   *Santa Closes secretos* 29

cuatro   *El diario desaparecido* 47

cinco   *El señor Smith* 61

seis   *Operación Sirvienta* 73

siete   *Policías acostados* 86

ocho   *Casi libres* 100

nueve   *Vuelo nocturno* 112

El diario de Anita 120

diez   *Grito de libertad* 153

once   *Mariposas de nieve* 169

Nota de la autora 182

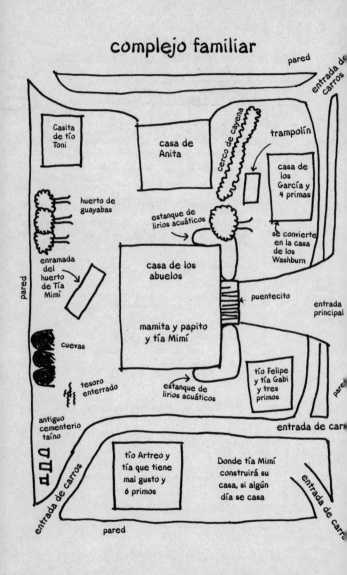

Casa de los Mancini (segunda planta)

hacia la casa de la madre de Trujillo

escaleras a la planta baja
(a la cocina, a los cuartos de la servidumbre y al garaje)

escaleras exteriores al jardín

baño

clóset

biblioteca del sr. Mancini

balcón

escaleras a la puerta principal y la planta baja

← a la embajada italiana

galería

sala y comedor

un sólo cuarto

cuarto de juegos y aula de los niños

ventanal

balcón

jardín y patio en la planta baja

baño

habitación de Oscar

balcón

calle

ventana alta con vista al jardín

baño

pasillo

clóset vestidor

habitación de María de los Santos y doña Margot

balcón

clóset

clóset

baño

galería privada

puerta corrediza

habitación principal

puerta a la habitación principal

habitación de las niñas

balcón

escaleras exteriores al jardín

hacia el mar

uno

La goma de borrar con forma de la República Dominicana

—¿Quiénes se ofrecen de voluntarios? —dice la señora Brown. Estamos preparando una obra para el Día de Acción de Gracias o *Thanksgiving*, que tomará lugar dentro de dos semanas. Aunque los primeros colonizadores ingleses nunca llegaron a la República Dominicana, asistimos a un colegio americano, así que hay que celebrar los días festivos americanos.

Es una tarde calurosa y bochornosa. Tengo flojera y aburrimiento. Afuera, las palmeras están en absoluta calma. Ni siquiera una brisa. Algunos de los alumnos americanos se quejan de que no parece Día de Acción de Gracias cuando hace tanto calor como el Cuatro de Julio, el día de la independencia de los Estados Unidos.

La señora Brown echa un vistazo por el aula. Mi prima, Carla, se sienta en el pupitre enfrente de mí y agita el brazo.

La señora Brown llama a Carla y luego a mí. Carla y yo vamos a representar el papel de dos indias que les daban la bienvenida a los colonizadores. La señora Brown siempre nos da los papeles que no son tan buenos a nosotros los dominicanos.

Nos reparte un cintillo con una pluma que sobresale como la oreja de un conejo. Me siento ridícula.

—Muy bien, indios, acérquense y saluden a los colonizadores —la señora Brown hace señas hacia donde se encuentran Joey Farland y Charlie Price con sus rifles de juguete y sus gorros de

Davy Crockett, que lograron que la señora Brown les permitiera usar. Hasta yo sé que los pioneros vienen después de los colonizadores.

—Anita —me señala—, quiero que digas: «Bienvenidos a los Estados Unidos».

Antes de que pueda pronunciar mi parte, Oscar Mancini levanta la mano:

—¿Por qué los indios se refieren a los Estados Unidos, cuando no existía tal cosa en ese entonces, señora Brown?

El aula emite un gemido. Oscar siempre está haciendo preguntas.

—¡*Yunaites Estéits!* ¡*Yunaites Estéits!* —imita alguno de la fila trasera. Se oyen risillas de varios compañeros de clase, hasta de algunos dominicanos. Detesto que los niños americanos se burlen de cómo pronunciamos el inglés.

—Es una buena pregunta, Oscar —le contesta la señora Brown, que lanza una mirada de desaprobación a la clase. También ella debe haber oído el cuchicheo—. Eso se llama licencia poética. Algo que se permite decir en una historia que no fue cierto en la vida real. Como una metáfora o un símil.

Justo entonces se abre la puerta del aula. Alcanzo a ver al director y detrás de él a la mamá de Carla, tía Laura, que se ve muy nerviosa. Pero la verdad es que tía Laura siempre parece nerviosa. A papi le gusta bromear que si hubiera una prueba olímpica de preocupación, la República Dominicana ganaría si su hermana fuera parte del equipo. Pero últimamente papi también se ve muy preocupado. Cuando le hago preguntas, contesta que, «La curiosidad mató al gato», en vez de lo que siempre dice, «La curiosidad es señal de inteligencia».

La señora Brown camina hacia el frente del aula y habla con el director por un minuto antes de seguirlo al pasillo, donde se encuentra tía Laura. Cierran la puerta.

Por lo general, cuando la maestra sale del aula, Charlie Price, el payaso de la clase, hace de las suyas. Cosas como cambiar las manecillas del reloj para que la señora Brown se confunda y nos deje salir antes al recreo. Ayer, escribió **ESTA NOCHE NO HABRÁ TAREA** en letras grandes de molde y con la fecha en el pizarrón, JUEVES, 10 DE NOVIEMBRE DE 1960. Hasta a la señora Brown le hizo gracia.

Pero ahora el aula entera aguarda en silencio. La última vez que el director vino a nuestro aula, fue para decirle a Tomasito Morales que su mamá había venido a recogerlo. Le había pasado algo a su papá, pero incluso papi, que conocía al señor Morales, no quiso decirnos qué había pasado. Tomasito no ha regresado a la escuela desde entonces.

A mi lado, Carla se pone el pelo detrás de las orejas, algo que siempre hace cuando está nerviosa. Mi hermano, Mundín, también tiene un tic nervioso. Se muerde las uñas siempre que hace algo malo y tiene que sentarse en la silla de los castigos hasta que papi vuelva a casa.

La puerta se abre y la señora Brown entra de nuevo, con esa sonrisa fingida de los adultos cuando tratan de ocultar malas noticias. Con voz clara, la señora Brown le pide a Carla que recoja sus cosas.

—¿Puedes ayudarla, Anita? —agrega.

Regresamos a nuestros asientos y empezamos a empacar los útiles en el bulto de Carla. La señora Brown le anuncia a la clase que continuarán con la obra más tarde. Todos deben sacar el libro de vocabulario y comenzar el siguiente capítulo. Los compañeros de clase fingen estar trabajando pero, por supuesto, todos nos miran de reojo a Carla y a mí.

3

La señora Brown se acerca para ver cómo vamos. Carla guarda su tarea, pero deja los útiles normales en su pupitre.

—¿Son tuyos? —la señora Brown señala los cuadernos nuevos, la fila bien acomodada de plumas y lápices, la goma de borrar con forma de la República Dominicana.

Carla asiente.

—Recoge todas tus cosas, cariño —le dice la señora Brown en voz baja.

Empacamos el bulto de Carla con todas sus pertenencias. Mientras tanto me pregunto por qué la señora Brown no me ha pedido que también yo empaque mis cosas. Después de todo, Carla y yo somos de la misma familia.

La mano de Oscar se agita y baja como una palmera en un ciclón. Pero la señora Brown no lo llama. Esta vez, creo que todos deseamos que él pueda hacer su pregunta, que probablemente sea la misma pregunta que todos estamos pensando: «¿Adónde va Carla?»

La señora Brown toma a Carla de la mano.

—Ven —me indica con la cabeza.

La señora Brown conduce a Carla por un extremo del aula. Las sigo, temerosa de echarme a llorar si alguien me mira a los ojos. Levanto la vista al retrato de nuestro Benefactor, el Jefe, que cuelga en la parte superior del aula, sus ojos observándonos. A su izquierda está colgado un George Washington de peluca blanca, mirando a la distancia. ¿Quizá eche de menos a su propio país?

Con tan sólo mirar al Jefe evito que se me rueden las lágrimas. Quiero ser fuerte y valiente para que si algún día llego a conocer al líder de nuestro país, él me felicite.

—¿Así que eres la niña que nunca llora? —me dirá, sonriendo.

Mientras cruzamos al frente del aula, la señora Brown se da la vuelta para asegurarse de que la sigo. Me ofrece su mano y la tomo.

Vamos a casa en el Plymouth de los García, el de las aletas plateadas que me recuerdan al tiburón que vi en la playa el verano pasado. Voy apretujada en el asiento trasero con Carla y sus hermanas menores, Sandi y Yolanda, a quienes también han sacado de clase. Tía Laura, luciendo preocupada y silenciosa, se sienta adelante junto a papi, quien maneja.

—¿Qué pasa? —sigo preguntando—. ¿Algo anda mal?

—Cotorrita —papi me advierte de manera juguetona. Ese es mi apodo en la familia porque a veces hablo demasiado, según mami. Pero luego en la escuela soy lo opuesto y la señora Brown dice que debo expresarme en voz alta.

Papi comienza a explicar que los García por fin recibieron el permiso para irse del país y que van a tomar un avión hacia los Estados Unidos dentro de unas cuantas horas. Él trata de sonar animado, mirándonos por el espejo retrovisor.

—¡Podrán ver la nieve!

Las hermanas García se quedan calladas.

—Y a papito y mamita y a todos los primos —papi continúa—. ¿No es así, Laura?

—Sí, sí, sí —concuerda tía Laura. Pero suena como si alguien dejara salir aire de una goma.

Mis abuelos se fueron a Nueva York a principios de septiembre. Mis otros tíos y tías ya estaban allí, habiendo salido con mis primos menores en junio. ¿Quién sabe dónde estará tío Toni? Ahora que las primas García se van, sólo queda mi familia en el complejo familiar.

Me inclino hacia adelante y apoyo los brazos en el asiento delantero.

—¿Así que nosotros también nos vamos, papi?

Papi niega con la cabeza:

—Alguien tiene que quedarse a atender el negocio. Es lo que siempre dice cuando no puede ir a algún paseo porque tiene que quedarse a trabajar. Papito, mi abuelo, comenzó Construcciones de la Torre, un negocio de bloques de concreto para construir casas que los huracanes no se llevan. Cuando mi abuelo se jubiló hace algunos años, papi, por ser el mayor, quedó a cargo.

A medida que nos acercamos por el camino que conduce a casa de los García, veo que mami y Lucinda y Mundín nos están esperando. Alguien debe haber recogido a mi hermana y hermano mayores de la escuela secundaria para que ellos también puedan despedirse de los García. Detrás de ellos se encuentra Chucha, nuestra niñera, con su largo vestido morado, cargando en sus brazos a la bebé, mi prima Fifi.

Tan pronto como se abren las puertas del carro, corro hasta donde está mami y ella me abraza. No tiene que preguntarme qué es lo que me pasa. Hay una fila de maletas, listas para meterlas al carro. Al lado de éstas se encuentra el señor Washburn, un hombre alto y delgado con una corbata de lacito que hace que su cara parezca como un regalo muy bien envuelto. Papi nos explicó que el señor Washburn es el cónsul americano y que representa a los Estados Unidos cuando el embajador Farland se encuentra fuera del país.

—¿Ya llegó toda la tropa? —pregunta con entusiasmo—. ¿Listas?

—¿Dónde está papi? —pregunta Yolanda. Ella y yo somos los

«Oscares» de la familia, siempre haciendo preguntas. Pero no siempre alcanzo a hacer mis preguntas cuando Yolanda está cerca.

Los adultos intercambian miradas como si estuvieran jugando a las sillas musicales con los ojos, tratando de decidir a quién le va a tocar contestar la pregunta de Yolanda. Al final, papi habla:

—Los estará esperando en el aeropuerto.

Parece una descortesía que tío Carlos no haya venido a despedirse. Pero están sucediendo cosas tan raras, que los buenos modales parecen no tener mucha importancia.

—Está bien, niñas —dice tía Laura, dando unas palmadas—. Quiero que vayan a sus habitaciones y se pongan la ropa que está en su cama. Chucha las acompañará.

Tía Laura recibe a Fifí de manos de Chucha para que la anciana esté libre y pueda ayudar a las niñas.

—¿Llevamos nuestros bultos? —Yolanda quiere saber.

Tía Laura dice que no con la cabeza:

—Algo especial, solamente una cosa cada una, niñas. Sólo podemos llevar diez kilos por persona.

—¿Me puede acompañar Anita para ayudarme a escoger? —pregunta Carla. Ya me ha tomado de la mano y hace que la acompañe.

—¡Pero dense prisa! —la regaña tía Laura, aunque incluso la voz que usa para regañarlas encierra sólo inquietud.

La habitación que comparten las niñas tiene un clóset largo a un costado. Han abierto la puerta corrediza, y muchas de las gavetas están abiertas. Ropa cuelga de ellas. Quien sea que haya empacado lo hizo a las carreras.

Los ojos de Carla recorren el estante alto donde se guardan los juguetes y las chucherías. Hay tres joyeros abiertos, con las pequeñas bailarinas que sostienen los brazos sobre la cabeza. Detrás de éstas hay una fila de aros de colores distintos, para que no se peleen las niñas.

—Es que no puedo decidir —admite Carla. Parece que está a punto de llorar, metiéndose el pelo detrás de las orejas.

—¡Niñas! —escuchamos a su mamá gritar desde la entrada.

—¿Qué escojo? —Carla me pregunta con desesperación, como si yo supiera qué es lo que va a necesitar en los Estados Unidos de América, a donde nunca he ido.

—Tu joyero —le sugiero—. De ese modo podrás llevarte más de una cosa.

La caja está llena de las pulseras de Carla y su prendedor de mariposa y su cadena con la crucecita, prendas de fantasía.

Carla asiente. Mientras me subo en una silla, me llama la atención un globo de nieve con unos pequeños venaditos que mordisquean el suelo. No puedo resistir agitarlo y revuelvo la tormenta de nieve hasta que no puedo distinguir los venados.

—Ese es mío —grita Yolanda, bajándolo—. Esto es lo que me voy a llevar.

—No seas tonta, Yolanda —la regaña Carla. Me pone los ojos en blanco como si supiéramos que no hace falta llevar un globo de nieve a un lugar donde ya habrá nieve.

—¡Tú eres la tonta! —le contesta Yolanda.

Muy pronto las dos se están gritando. No es difícil lograr que dos de las niñas García se pongan a pelear. Sus gritos hacen que su mamá venga al cuarto.

—¡Si escucho otra palabra, voy a dejarlas aquí y me voy sola a Nueva York! —las amenaza—. Ahora, escojan algo y cámbiense de ropa. El carro nos está esperando.

No hay tiempo que perder. En cada cama hay un refajo y un vestido de fiesta para que se cambien. Las niñas se visten de prisa.

Afuera, el señor Washburn nos espera en su gran carro negro, que tiene una banderita americana en la antena. Papi se inclina en la ventana y habla con él.

—Estamos haciendo esperar al señor Washburn —nos regaña tía Laura. Empuja suavemente a las niñas para que se despidan.

De pronto, Yolanda anuncia:

—No quiero ir. Yo me quedo con tía Carmen.

Eso comienza una reacción en cadena.

—Yo tampoco —solloza Sandi, aferrándose a mi mamá. En los brazos de tía Laura, Fifi comienza a berrear, extendiendo sus manitas regordetas hacia Chucha, que está de brazos cruzados junto a la puerta. Yo también tengo ganas de llorar pero sé que mami cuenta conmigo para darles ánimo a las García.

—Niñas, por favor, no me hagan esto ahora —comienza tía Laura, pero también ella empieza a llorar.

Papi se apresura al lado de su hermana. La abraza y le habla en voz baja, como me habla a mí cuando tengo una pesadilla.

—Vamos, niñas —mami reúne a las hermanas García a su alrededor, en cuclillas para poder hablarles a solas—. Vayan con su mami y pórtense bien, por favor. ¡Las veremos muy pronto, se las prometo!

Eso me sorprende. Papi dijo que tenemos que quedarnos a atender el negocio. Así que debe ser que las García sólo van a estar fuera poco tiempo.

Estas noticias parecen ser un consuelo para mis primas. Por un momento se me ocurre que quizá mami les está diciendo esto sólo para hacerlas sentir mejor. Como le dice a mi abuela en *New York* que tío Toni está bien, para que mamita no se preocupe por mi tío, el menor, a quien no hemos visto hace meses.

El señor Washburn saca la cabeza por la ventana del carro y dice:

—¡Amigas, llegó la hora de partir!

Las García desfilan por la fila, abrazándonos y besándonos uno por uno. Ya han colocado sus juguetes especiales en el asiento trasero del carro. Por la puerta abierta puedo ver el globo de nieve de Yolanda la tormenta se ha apaciguado y los venaditos pueden comerse los copos de nieve esparcidos por el suelo.

Cuando Carla llega a donde estoy yo, se me llenan los ojos de lágrimas. No puedo evitarlo. Aquí no hay un retrato del Jefe que me haga fuerte y valiente. Bajo la cabeza mientras se me ruedan las lágrimas.

—Nos veremos muy pronto —me recuerda Carla. Pero cuando extiende la mano y me pone el pelo distraídamente detrás de las orejas, hace que yo llore aún más fuerte.

Cuando el carro se ha ido, nos quedamos un rato mirando la entrada desierta. Siento un vacío en mi interior, como si una parte muy grande de mí se hubiera ido. Finalmente, damos media vuelta y cruzamos a nuestra casa pasando por el cerco de cayenas, cargando los bultos con los útiles que nos dejaron las García para que los usemos.

De la noche a la mañana nos hemos convertido en lo que la señora Brown llama una familia nuclear, sólo mis papás, mi hermana y mi hermano, en vez de la gran familia con tíos y tías y primos y mis abuelos, que vivían en el complejo hace sólo unos meses. Ahora todas las casas están vacías, menos la nuestra. El cobertizo de las orquídeas está lleno de flores que crecen desordenadamente. La hamaca que colgaba en la terraza de la casita de soltero de tío Toni ya no está allí. El estanque está plagado de sapos que cantan toda la noche.

El resto de la tarde la paso muy triste por casa, hasta que mami me manda a que ayude a Chucha a mudarse con nosotros. Chucha ha sido parte de la familia por mucho tiempo y ha cuidado de todos los bebés desde que nació papi. De hecho, Chucha me cuidó también a mí, y con frecuencia me lo recuerda: «Nunca serás demasiado grande como para no obedecerme», dice. «Después de todo, fui yo quien te cambió los pañales.» ¡Qué cosas se le ocurre mencionar! Por lo menos nunca me lo recuerda en público.

Lo primero que cambiamos es el ataúd de Chucha. Porfirio, el jardinero, lo equilibra sobre la carretilla, y Chucha y yo caminamos una de cada lado, agarrando cada extremo. Sé que suena muy extraño, pero ¡ésa es la cama de Chucha, donde duerme todas las noches! Dice que quiere prepararse para la otra vida. Sus antepasados vienen de Haití, donde hacen las cosas a su manera.

Hemos empacado toda su ropa morada dentro del ataúd. Ese es otro detalle. Chucha siempre se viste de morado porque una vez hizo una promesa de que siempre se vestiría de morado. Pero nunca ha dicho por qué hizo esa promesa o a quién o por qué escogió el color morado. Un amarillo o hasta un azul lavanda se le vería mucho más alegre.

Chucha también tiene sueños donde puede ver el futuro. A Mundín le gusta decir, «¡Tú también los tendrías, si durmieras en un ataúd!». Hace varias semanas Chucha soñó que mis primas se irían a una ciudad de edificios altos, antes de que ellas mismas supieran que se iban a ir a Nueva York.

Aunque Chucha sea extraña, me alegra que venga a vivir con nosotros. Me siento más segura cuando ella está aquí. Especialmente ahora que todos se han ido, será reconfortante tener a Chucha en casa.

—Chucha —le pregunto después de que hemos mudado todas sus cosas—, ¿cuándo crees que veré a los García?

Chucha entrecierra sus ojos brillantes. Su piel negra se arruga aún más cuando se concentra. Por un rato no dice nada. Después me mira a los ojos y dice uno de sus acertijos:

—Los verás antes de que regresen, pero sólo cuando ya seas libre.

Me da miedo preguntarle qué quiere decir con eso.

Durante la cena, papi explica que el negocio de la construcción no anda muy bien, que tendremos que economizar y que la familia va a estar separada por un rato. . . .

—¿Por cuánto tiempo? —quiero saber.

Mami me lanza esa mirada de advertencia para recordarme que estoy interrumpiendo. Cotorrita o no, ya casi cumplo los doce y tengo que aprender buenos modales.

De pronto, una mariposa nocturna aletea dentro del cuarto. ¡Hablando de interrupciones! Es tan grande como mi mano.

—¡Un murciélago! —grita Lucinda y se mete debajo de la mesa.

—No es un murciélago. Es una mariposa negra —observa Mundín, dando un salto para atraparla.

—¡No la toques! —grita mami. Gracias a Chucha todos sabemos que una mariposa nocturna trae mala suerte y que es un símbolo de la muerte. Mundín se detiene. La mariposa se eleva y desaparece en la noche.

—Ya puedes salir, Lucinda —mami la llama en tono burlón. Pero también ella parece estar asustada.

Lucinda sale lentamente de debajo de la mesa. Le escurren las lágrimas por la cara.

—Es que este lugar está tan . . . tan . . . tan . . . triste —solloza y luego sale corriendo del cuarto.

Mami y papi intercambian miradas tensas. Papi se levanta de su lugar en la mesa. Mientras pasa a mi lado, me da un beso en la coronilla:

—Mi niñita grande —dice.

Me siento orgullosa de portarme como si fuera más madura que Lucinda, pero la verdad es que me siento igual de triste, aunque no lo demuestre.

Después de la cena trato de arreglar mi habitación para ver si así me siento mejor. Pero cuando vacío el contenido del bulto de Carla sobre mi cama —sus lápices de puntas bien afiladas, sus cuadernos con dibujos de gatitos enredados en bolas de lana, su goma de borrar tan curiosa que recibió por ganar el concurso de declamación el Día de la Independencia Dominicana en febrero pasado— siento la tristeza despertarse de nuevo como una tormenta dentro de mi cuerpo. No voy a ser capaz de usar los útiles de mi prima. Empaco todo de nuevo en su bulto y lo meto a mi clóset. O eso creo. Un poco más tarde, me subo a la cama y, de un salto, me vuelvo a bajar. Siento algo duro, una cucaracha o un alacrán bajo las sábanas, pero cuando Chucha las levanta, encontramos la goma de borrar con forma de la República Dominicana.

dos

¡*Shhh!*

Un día despues de que mis primas se van, papi sale temprano para el trabajo y se lleva a Mundín. Ahora que ya no queda aquí ninguno de mis otros tíos, papi tiene mucho más que hacer en la oficina.

Estoy sola en el comedor, y ya siento lo largo y solitario que va a ser este sábado sin Carla. Chucha y mami y Ursulina, la cocinera, están en la cocina, hablando de lo que necesitan traer del mercado. Lucinda está durmiendo hasta tarde para levantarse fresca y rozagante. Afuera, Porfirio riega las matas de jengibre, cantando una canción mexicana.

> *La mujer que quise se me fue con otro*
> *Les seguí los pasos y maté a los dos*

¡*Qué manera más alegre de comenzar el día!* estoy pensando cuando, de repente, Porfirio deja de cantar. Me asomo por la ventana. Media docena de Volkswagens negros, modelos Escarbajo, avanzan lentamente por el camino de la entrada.

Antes de que los carros se detengan por completo, las puertas se abren y de ellos brota un torrente de hombres que se dispersan por el terreno. Con sus gafas oscuras se parecen a los gángsters de las películas americanas que a veces presentan en los cines de la ciudad.

Corro a buscar a mami, pero ella ya va hacia la puerta. Hay cuatro hombres parados en la entrada, todos ellos vestidos de pantalón caqui con pequeñas cananas al cinto y revólveres diminutos que no parecen de verdad. El cabecilla —o al menos es el único que habla— le pregunta a mami por Carlos García y su familia. Sé que algo anda muy mal cuando mami le dice:

—¿Por qué? ¿Acaso no están en casa?

Pero entonces, en lugar de irse, el tipo le pregunta si sus hombres pueden registrar la casa. Mami, quien seguramente diría «¿Tienen un permiso?», se hace a un lado, ¡como si se estuviera rebozando el inodoro y ellos fueran los plomeros que vienen a repararlo!

Voy detrás de mami.

—¿Quiénes son? —pregunto.

Mami da media vuelta y con un aspecto aterrado me dice entre dientes:

—¡Ahora, no!

Corro en busca de Chucha, que está a la entrada, meneando la cabeza ante las huellas lodosas que dejaron las botas. Le pregunto quiénes son estos hombres extraños.

—SIM —susurra. Hace un ademán escalofriante como de cortarse la cabeza con el dedo índice.

—¿Pero quiénes son los SIM? —pregunto de nuevo. Me asusto más y más al ver que nadie me da una respuesta clara.

—Policía secreta —explica—. Investigan a todo el mundo y luego los desaparecen.

—¿Policía secreta?

Chucha me hace esa señal con la cabeza, larga y lenta como una guillotina, que corta cualquier otra pregunta.

Van de cuarto en cuarto, buscando por todos los rincones.

Cuando entran por la puerta del pasillo dirigiéndose a la parte de la casa donde están las habitaciones, mami titubea.

—Sólo se trata de un registro rutinario, doña —le dice el jefe. Mami esboza una débil sonrisa, tratando de demostrar que no tiene nada que ocultar.

En mi habitación, un tipo levanta mi pijama que dejé tirada en el piso, como si debajo escondiéramos un arma secreta. Otro arranca el cubrecamas y las sábanas de mi cama. Oprimo con fuerza la mano helada de mami, y ella me aprieta la mano más fuerte.

Los hombres entran a la habitación de Lucinda sin tocar a la puerta, abren las persianas, levantan los faldones de la cama y los del tocador que le hacen juego, hunden sus bayonetas por debajo. Mi hermana mayor se sienta en la cama, sobresaltada, con los rolos de pelo color rosa torcidos por dormirse con ellos puestos. Unas ronchas horribles le han brotado en el cuello.

Cuando los hombres terminan de registrar el cuarto de Lucinda, mami nos mira, como diciendo que esto va muy en serio:

—Quiero que se queden las dos aquí mientras acompaño a nuestros visitantes —dice con una cortesía forzada.

Corro a su lado.

—¡No, mami! —comienzo a gritar. No quiero que se vaya con estos policías terribles. ¿Qué tal si le hacen algo?

El jefe se voltea a verme. Con sus gafas oscuras no puedo ver sus ojos, sólo veo la reflexión de una niña aterrada que se aferra a su madre.

—¿Por qué lloras? ¡Tranquila! —ordena.

Es como si esa orden de hierro me cortara el aliento de los pulmones. Ni siquiera puedo moverme cuando mami quita con suavidad mis manos de su cintura. Ella sigue a los hombres hasta afuera, y cierra la puerta.

Lucinda me mira. Se está rascando las ronchas del cuello, aunque mami le ha dicho que no lo haga.

—¿Qué pasa?

—Chucha dijo que son de la policía secreta —le digo—. Preguntaban por los García, pero mami se hizo como que no sabía nada.

Se me entrecorta la voz de pensar que en este momento mami está sola con ellos.

—Los del SIM saben perfectamente dónde están los García —dice Lucinda—. Sólo buscan un pretexto para meter aquí las narices. Y por supuesto, les encantaría agarrar a papi.

—¿Pero por qué?

Lucinda me mira como si fuera mucho más tonta de lo que parezco.

—¿Que no sabes nada de nada? —sus ojos se desvían a mi cabello—. Tienes que arreglarte ese fleco —me dice, peinándomelo hacia atrás con la mano. Es lo más amable que se puede permitir ser, cuando ve lo asustada que estoy.

Lucinda y yo esperamos en su habitación, escuchando detrás de la puerta, tensas. Cuando no escuchamos ruidos, Lucinda gira la perilla y salimos de puntitas al pasillo.

Parece que los del SIM se han ido. Podemos alcanzar a ver a Chucha cruzando el patio hacia el frente de la casa, cargando una escoba al hombro como si fuera un rifle. Parece que va a dispararles a los del SIM por dejar sus pisos limpios llenos de lodo.

—¡Chucha! —le hacemos señas para que venga a hablar con nosotras.

—¿Dónde está mami? —le pregunto, sintiendo el mismo

pánico creciente que sentí antes cuando mami salió con los del SIM.

—Está hablando por teléfono, llamando a Don Mundo —nos explica Chucha.

—¿Y qué pasó con . . . ? —Lucinda arruga la nariz en vez de mencionar sus nombres.

—Esos animales —dice Chucha meneando la cabeza. Esos animales, los del SIM, registraron todas las casas del complejo y se volvieron más y más destructivos cuando no encontraron lo que buscaban, pisotearon el cuarto de Chucha, volcaron su ataúd y le rasgaron el forro de terciopelo. También se metieron a la fuerza a los cuartos de Porfirio y Ursulina.

—Esos dos están tan asustados —concluye Chucha—, que ya están empacando sus cosas y se van de casa.

Pero los del SIM se quedan. Se sientan en sus Volkswagens negros al comienzo de la entrada de carros, bloqueándonos la salida.

En la cena, papi dice que todo va a salir bien. Tenemos que fingir que los del SIM no están aquí y seguir con nuestra vida normal. Pero me doy cuenta de que, al igual que todos nosotros, él no prueba bocado. ¿Y realmente es normal que mami y papi nos hagan dormir a todos en colchones en el piso de su habitación con la puerta cerrada con llave?

Estamos acostados en la oscuridad, hablando en voz baja, Mundín solo en una colchoneta, Lucinda y yo en un colchón más grande, y papi y mami en el suyo que han colocado al lado nuestro.

—¿Y por qué no se quedan arriba en su cama? —pregunto.

—Baja la voz —me recuerda mami.

—Está bien, está bien —susurro. Pero todavía no obtengo respuesta—. ¿Y qué va a ser de Chucha? —pregunto—. Ella está solita en la parte trasera de la casa.

—No te preocupes —dice Mundín—, ¡no creo que una bala pueda entrar en ese ataúd!

—¡Balas! —me enderezo en la cama.

—¡Shhh! —mi familia me recuerda.

Esos carros negros se quedan allí plantados día tras día: a veces hay sólo uno, a veces hasta tres. Todas las mañanas, cuando papi sale a la oficina, uno de esos carros pone en marcha un motor que parece que tiene cólicos y baja por el cerro detrás de él. Cuando él regresa a casa por la noche, el carro lo sigue de vuelta. No sé a que horas van los del SIM a cenar a sus casas y a hablar con sus hijos.

—¿De verdad son policías? —sigo preguntándole a mami. No tiene sentido. Si los del SIM son policías, secretos o no, ¿no deberíamos confiar en ellos en vez de tenerles miedo? Pero lo único que mami me dice es «¡Shhh!». Mientras tanto, no podemos ir a la escuela porque podría pasarnos algo.

—¿Cómo qué? —pregunto. ¿Cómo lo que dice Chucha de los desaparecidos? ¿Eso es lo que le preocupa a mami que nos suceda?

—¿Acaso no dijo papi que debíamos seguir con nuestra vida normal?

—Anita, por favor —suplica mami, dejándose caer en la silla del vestíbulo. Se inclina hacia adelante y me susurra al oído—. Por favor, te lo ruego, ya no hagas más preguntas.

—¿Pero por qué? —le contesto en voz baja. En su cabello puedo oler su champú, que huele a coco.

—Porque no tengo respuestas —contesta.

Mami no es la única con quien trato de hablar.

Mi hermano, Mundín, que es dos años mayor que yo, a veces me explica cosas. Pero esta vez, cuando le pregunto qué pasa, se ve preocupado y susurra, «Pregúntale a papi». Otra vez se está comiendo las uñas, algo que había dejado de hacer desde que cumplió catorce en agosto.

Trato de preguntarle a papi.

Una noche cuando suena el teléfono, lo sigo a la sala. Lo escucho decir algo sobre unas mariposas en un accidente de carros.

—¿Mariposas en un accidente de carro? —le pregunto extrañada.

Parece muy sobresaltado al darse cuenta que estoy en el cuarto.

—¿Qué andas haciendo aquí? —dice con brusquedad.

Me pongo las manos en la cadera.

—¡Francamente, papi! ¡Si aquí vivo! —no puedo creer que me esté preguntando qué hago en nuestra propia sala. Por supuesto, de una vez me pide disculpas.

—Lo siento, amorcito, me asustaste. Tiene los ojos húmedos, como si estuviera a punto de llorar.

—¿Entonces, que pasó con esas mariposas, papi?

—No son mariposas de verdad —explica dulcemente—. Es sólo . . . un apodo para unas mujeres muy especiales que tuvieron un . . . accidente anoche.

—¿Qué clase de accidente? ¿Y por qué las llaman mariposas? ¿Es que no tienen nombres de verdad?

Otra vez un «shhh».

Como último recurso, le pregunto a Lucinda. Mi hermana mayor ha estado de muy mal genio desde que los del SIM nos acorralaron en nuestra propia casa. A Lucinda le encantan las fiestas y hablar por teléfono, y detesta estar encerrada. Pasa la mayor parte del tiempo en su habitación, probando tantos peinados que estoy segura de que cuando por fin podamos salir del complejo e ir a los Estados Unidos de América, Lucinda se habrá quedado calva.

—Lucinda, por favor, por favorcito, dime, ¿qué está pasando? Prometo darle un masaje en la espalda sin que me tenga que dar dinero.

Lucinda pone el cepillo del pelo en su tocador y me hace una seña para que la siga al patio de atrás.

—Allí estaremos seguras —susurra, mirando por encima del hombro.

—¿Por qué hablas en secreto? En realidad, todo el mundo ha estado hablando en secreto desde la semana pasada, como si la casa estuviera llena de bebés malhumorados que por fin se han quedado dormidos.

Lucinda explica. Es probable que los del SIM hayan escondido micrófonos en la casa y estén escuchando nuestras conversaciones desde sus Volkswagens.

—¿Por qué nos tratan como si fuéramos unos delincuentes? No hemos hecho nada malo.

—¡Shhh! —Lucinda hace que me calle. Por un momento duda si debe seguir explicándole cosas a su hermanita menor que no puede mantener la voz baja— Todo tiene que ver con T-O-N-I —dice, deletreando el nombre de nuestro tío en inglés—. Hace unos meses, él y unos amigos tomaron parte en un complot para deshacerse de nuestro dictador.

—Te refieres a . . . —No tengo siquiera que mencionar el nombre de nuestro líder. Lucinda asiente solemnemente y se lleva un dedo a los labios.

Ahora sí que estoy confundida. Creí que queríamos al Jefe. Su retrato cuelga de la entrada principal, con un refrán debajo que dice: EN ESTA CASA, TRUJILLO ES EL JEFE.

—¡Pero si es tan malo, cómo es que la señora Brown tiene su retrato colgado en nuestra aula, al lado del de George Washington?

—Tenemos que hacerlo. Todo el mundo tiene que hacerlo. Es un dictador.

No estoy muy segura de lo que hace un dictador. Pero creo que no es un buen momento para preguntar.

Resulta que los del SIM descubrieron el complot y arrestaron a la mayoría de los amigos de nuestro tío. En cuanto a tío Toni, nadie sabe dónde está.

—Debe estar escondido o ellos... —Lucinda mira por encima del hombro. Sé muy bien a quiénes se refiere— ... deben haberlo apresado.

—¿Van a desaparecerlo?

Lucinda parece estar sorprendida de que yo sepa de esas cosas.

—Esperemos que no —dice con un suspiro. Tío Toni es su favorito. A los veinticuatro años no le lleva mucha edad a ella, que tiene quince, y es muy buen mozo. Todas las amigas de ella están locas por él—. Desde que los del SIM descubrieron ese complot, han estado tras la familia. Es por eso que todos se han ido. Tío Carlos y mamita y papito....

—¿Y por qué no nos vamos nosotros también, ya que ni siquiera estamos yendo a la escuela?

—¿Y abandonar a tío Toni? —Lucinda niega vigorosamente con la cabeza. Su bonito cabello castaño rojizo está peinado en un moño, como las fotos de boda de la princesa Grace que salen en las revistas. Se lo desata y resbala por su espalda—. ¿Y si regresa? ¿Y si necesita nuestra ayuda? —su voz se vuelve más fuerte que su susurro normal.

Por primera vez en las últimas semanas, me toca decirle a alguno de nuestra casa:

—¡SHHHH!

Casi unas dos semanas después de que se fueron mis primas, el señor Washburn viene a visitarnos. Ha pasado por casa todos los días por un ratito desde la redada que hicieron los del SIM.

—¿Cómo están esos pequeños Escarabajos? —pregunta de manera misteriosa, mientras mira por la ventana los Volkswagens negros que todavía están estacionados allí. Papi siempre responde:

—Todavía molestando.

Pero esta noche, el señor Washburn viene a hacernos una propuesta. Se sienta en el estudio con papi y hablan en inglés. Mami mira a uno y luego al otro, como si estuviera en un partido de tenis, esperando ansiosa el resultado. A diferencia de papi, a mami le da mucho trabajo hablar en inglés.

—Me parece una magnífica idea —dice papá—. ¡Anita! —me llama. He estado en el pasillo tratando de hacerme invisible para que nadie me pida que me vaya—. Vamos a tener vecinos, ¿qué te parece?

Siempre y cuando los vecinos no sean los del SIM, me alegraré de que alguien viva en el complejo con nosotros. Me asusta estar en un lugar con tantas casas vacías. Además, estoy tan sola y aburrida sin Carla y sin ninguno de mis primos.

—¿Quién va a venir a vivir aquí? —pregunto.

—El señor Washburn —dice mamá sonriendo. Hace semanas que no la veo tan feliz. Con alguien de la embajada de los Estados

Unidos de vecino, es probable que los del SIM nos dejen de molestar.

Pero la mejor noticia de la noche es que el señor Washburn tiene una familia que vendrá con él: ¡una esposa y dos hijos!

—¿Qué edades tienen? —interrumpo.

—Cotorrita —mami me recuerda.

—Sammy tiene doce años y Susie cumplirá quince en febrero.

—¡Voy a cumplir doce la próxima semana! —digo bruscamente en inglés. Mami hace señas para que me calle, pero se nota que está orgullosa de que yo hable con tanta fluidez en un idioma que a ella le da tanto trabajo aprender.

El señor Washburn me da una amplia sonrisa.

—Feliz cumpleaños por adelantado. Y por cierto, señorita, hablas muy bien el inglés.

Esa noche, vuelvo a repetir su cumplido en mi mente, una y otra vez. Es lo mejor que me ha pasado en varias semanas. Bueno, casi lo mejor, porque unos días después, los Washburn se vienen a vivir aquí. ¡Y los del SIM se van!

A través del cerco de cayena observo mientras los trabajadores meten cajas en casa de los García. Los sigue un niño de pelo tan rubio que es casi blanco, como si hubiera pasado la noche en una cubeta de cloro. Más tarde, después de que han metido todo, los trabajadores salen y colocan un trampolín bajo la ceiba. Luego, el niño se sube en él. Por la manera en que brinca y brinca en este, estoy segura de que va a hacer un agujero en esa cama elástica.

Mientras salta, me alcanza a distinguir acechando detrás del cerco.

—¡*Howdy Doody*! —pega un grito. Al principio creo que me

está diciendo «dirty» o sucia: «¡*Howdy, Dirty!*». Antes de que pueda pensar en qué hacer, él salta del trampolín y se me acerca.

—¡*It's Howdy Doody time*! ¡*It's Howdy Doody time*! —canta mientras me da un fuerte apretón de manos. Debo tener cara de extrañeza porque me pregunta si alguna vez he visto el programa de Howdy Doody en la televisión. Habla tan rápido en inglés que no estoy segura de lo que me está diciendo.

—No tenemos televisión —explico.

—¿No tienen? —parece estar sorprendido—. Pero creí que eran ricos. ¡Mi padre dice que son dueños de todo este parque!

—No es un parque —lo corrijo—. Es un complejo familiar.

—¿Y eso qué quiere decir? —sus ojos azules se iluminan—. ¿Es como un harén?

No estoy segura de lo que es un harén, así que supongo que el complejo no puede ser eso. Le explico cómo fue que hace mucho tiempo mis abuelos compraron el terreno, y cada vez que se casaba un hijo construían una casa en la propiedad, y fue así como el lugar se convirtió en un complejo de casas de la familia, que en realidad sólo son cinco casas y la casita de soltero, todo bordeado por muros altos para que no entre gente extraña, y donde primos, nietos y sobrinos nos vestimos con la ropa que unos heredamos de otros.

—Pero ahora todos se han ido a los Estados Unidos de América —digo con tristeza.

—Yo soy de allá —dice Sammy, sacando el pecho, como si alguien fuera a ponerle una medalla—. El mejor país del mundo.

Quiero contradecirlo y decirle que mi país es el mejor. Pero ya no estoy tan segura de eso, después de lo que me dijo Lucinda acerca del dictador que tenemos, quien obliga a todos a colgar su retrato en la pared.

—¿*Want me to teach you the property?* —le ofrezco, deseosa de cambiar de tema. Cuando se queda mirándome como sin entender, comprendo que no he dicho lo que quería decir en inglés.

—¿Quieres decir que si quiero que me muestres la propiedad? Bajo la cabeza, avergonzada.

—No te preocupes —agrega—. Yo no soy muy bueno en inglés, y eso que es mi lengua materna.

Me cae bien inmediatamente por no burlarse de cómo hablo el inglés.

—Déjame avisarle a mi mamá —dice antes de comenzar nuestro paseo. Cuando regresa corriendo, una pelirroja alta con un delantal de encajes nos saluda con la mano desde la puerta.

Pasamos el resto de la tarde explorando el complejo: el estanque de los lirios con las monedas de los deseos en el fondo que no podemos distinguir porque se ha llenado de lama; el antiguo cementerio taíno, donde Mundín descubrió una piedra tallada que según Chucha puede hacer llover; el terreno silvestre y lleno de maleza donde mi tía soltera Mimí construirá algún día una casa, si llega a casarse. Mostrarle a alguien el lugar que conozco de toda la vida hace que parezca de pronto mucho más interesante. Pero no puedo enseñarle todo porque un poco más tarde su mamá lo llama para que arregle su habitación, para poder dormir en ella esta noche.

—*See you later, alligator* —me grita Sammy en inglés por encima del hombro. Quiere decir, «Nos vemos luego, caimán».

—¿Mañana? —le pregunto.

—Claro que sí —contesta.

De sólo pensar en verlo mañana me pongo tan emocionada. Pero no me gusta que me haya llamado caimán. Sé que es sólo un dicho bobo americano, pero no me cae nada en gracia que me digan que soy un animal tan feo. Hasta el apodo de cotorrita me está poniendo los nervios de punta. ¡Francamente! La gente siempre me dice que debo tener buenos modales, ¿pero qué tal los modales de ellos?

Al día siguiente, Sam y yo estamos explorando la enramada de las orquídeas de tía Mimí, donde las orquídeas crecen en desorden desde que Porfirio se fue. Al lado de la enramada está la casita de soltero que construyó tío Toni el año pasado, una casita como las del campo, con persianas de madera que se cierran por dentro y un candado grande en la puerta. A tío Toni y a sus amigos les gustaba sentarse hasta la media noche a hablar en voz baja. Ahora que sé lo que estaban haciendo, me da escalofríos acercarme a ese lugar.

Cuando llegamos a la casita, me detengo bruscamente, como si hubiera visto un fantasma. ¡La puerta de la casita de tío Toni está entreabierta!

—¿Qué pasa? —Sammy quiere saber.

—La puerta no debería estar abierta —susurro. La casita ha estado cerrada desde fines del verano, cuando desapareció tío Toni.

—Quizá la sirvienta la dejó así cuando entró a limpiar —sugiere Sammy. Para entonces, él también parece un poco nervioso y está hablando en secreto.

Niego con la cabeza. Chucha es la única que queda trabajando en el complejo. No tiene tiempo de hacer tanta limpieza.

Nos acercamos lentamente a la puerta y echamos un vistazo. ¡Adentro, alguien se está moviendo en la oscuridad!

Regresamos corriendo tan deprisa que puedo sentir los acelerados latidos de mi corazón mucho después de que mis piernas se han detenido. Luego, mientras saltamos juntos en el trampolín de Sammy, prometemos no decirles nada a nuestros padres acerca de este descubrimiento, de lo contrario no nos permitirán seguir explorando el complejo. Saltamos, tratando de tocar las ramas más bajas de la ceiba. Cuando la señora Washburn sale con vasos de limonada, nos bajamos del trampolín.

—¿Cómo la están pasando, niños? —pregunta. Tiene unos ojos azules grandes y bien abiertos, y parece como si siempre estuviera sorprendida.

—Super bien —dice Sam rápidamente, llevándose un dedo a los labios cuando su mamá no se da cuenta.

tres

Santa Closes secretos

Ahora que se han ido los del SIM y los Washburn viven al lado, mami y papi deciden que podemos regresar a clases.

Pero primero, mami nos aconseja:

—No quiero que comenten lo que pasó con sus amigos —nos advierte.

—¿Por qué no? —quiero saber.

Mami repite uno de los dichos de Chucha: «En boca cerrada no entran moscas».

—Y eso quiere decir que tampoco hablen de eso con Susie o Sammy —agrega mami, mirándonos a Lucinda y a mí.

Lucinda se ha vuelto amiga de la hermana mayor de Sammy, igual que yo de él. Pobre Mundín se ha quedado sin hacer amigos nuevos. Pero dice que no le importa. Papi le está dando responsabilidades adicionales, llevándolo al trabajo los días en que no tenemos clases. Algunas noches, después de la cena, Papi deja que Mundín maneje el carro de arriba abajo por los caminos que conectan las casas del complejo.

—Si algo me llega a pasar —papi dice de vez en cuando—, tú eres el hombre de la casa.

—Si quiere ser el hombre de la casa, va a tener que dejar de comerse las uñas —dice mami, rompiendo el silencio lleno de tensión que sigue a esos comentarios.

* * *

La noche antes de regresar a la escuela, paso un largo rato escogiendo la ropa que me voy a poner, como si me estuviera preparando para el primer día de clases. Finalmente me decido por la faldita con la cotorrita que mami me hizo, una imitación de la falda con el perrito que están usando todas las niñas norteamericanas. Pero aun después de que todo está preparado, me siento nerviosa de regresar a clases. Todos me van a preguntar por qué falté dos semanas. Yo misma no entiendo por qué no podíamos ir a la escuela simplemente porque los del SIM estaban parados afuera. Después de todo, papi fue a trabajar todos los días. Pero mami se niega a hablar del tema.

Voy a la habitación de Lucinda que está al lado. Mi hermana se ha puesto rolos en el pelo. ¡Hablando de torturas! ¿Cómo puede dormir con todos esos tubos en el pelo? Ella también se va a poner una falda igual a la mía de la cotorrita, pero ella insistió en que mami le hiciera una con perrito.

—Linda Lucinda —le adulo—. ¿Qué le vamos a decir a todo el mundo en la escuela? Ya sabes que van a estar preguntándonos que a dónde fuimos.

Lucinda lanza un suspiro frente al espejo y pone los ojos en blanco. Me hace una seña para que me acerque.

—No hables aquí —susurra.

—¿Por qué? —digo en voz alta.

Me lanza una mirada indignada.

—¿Por qué? —le susurro al oído.

—Muy graciosa —dice.

Espero hasta que termine con los rolos. Luego me hace una seña con la cabeza para que salga al patio donde podremos hablar.

—Si la gente pregunta, di que nos dio varicela —dice Lucinda.

—Pero eso no es cierto.

Lucinda cierra los ojos hasta que recupera la paciencia conmigo.

—Ya sé que no nos dio varicela, Anita. Es puro cuento, ¿de acuerdo?

Apruebo con la cabeza.

—¿Pero cuál es la verdadera razón por la que no fuimos a la escuela?

Lucinda explica que después de que se fueron mis primas, han sucedido muchas cosas tristes: redadas por parte del SIM como la que vivimos, detenciones, accidentes. Es por eso que mami no quiere tenernos fuera del alcance de la vista.

—Escuché a papi decir algo sobre un accidente con mariposas o algo así —le digo.

—*Las* Mariposas —me corrige Lucinda, asintiendo—. Eran amigas de papi. Le afectó mucho esa noticia. Igual que a todos. Hasta los americanos están protestando.

—¿Protestando por qué? ¿Acaso no fue un accidente de carro?

Lucinda pone los ojos en blanco de nuevo al darse cuenta de lo poco que sé.

—Accidente de carro —dice, haciendo comillas en el aire con los dedos, como si realmente no quisiera decir eso.

—Quieres decir que las . . .

—¡Shhh! —Lucinda me calla.

De pronto lo comprendo. ¡Estas mujeres fueron asesinadas en un accidente de mentiras! Tiemblo, al imaginarme de camino a la escuela, rodando cuesta abajo, mi falda con la cotorrita volando a mi alrededor. Ahora me da miedo salir del complejo.

—¿Entonces para qué nos mandan a la escuela?

—Los americanos son nuestros amigos—Lucinda me recuerda—. Así que por ahora estamos seguras.

No me gusta eso de «por ahora» o cómo Lucinda hace esas comillas en el aire otra vez cuando dice «estamos seguras».

La verdad es que mami está mucho más calmada ahora que los Washburn se han mudado aquí. No sólo es agradable contar con la protección especial del cónsul viviendo al lado, sino que el dinero del alquiler nos viene muy bien. Construcciones de la Torre no anda bien. Todo está parado debido al embargo, que no tengo la menor idea de lo que es. Tenemos que economizar y vender los carros de los tíos, y también los muebles de la casa de los abuelos, de cuando papito ganaba bien. Le propongo a mami que vendamos mis zapatos escolares y mis yompas pasadas de moda que ya no me gustan. Pero ella sonríe y dice que eso aún no es necesario.

Lucinda y yo no somos las únicas en hacer amistad con los vecinos. Mami comienza un grupo de canasta para que la señora Washburn conozca a otras señoras dominicanas y practique el español. Se colocan dos o tres mesas en el patio trasero. Las señoras conversan en voz baja. De vez en cuando Lorena, la sirvienta nueva, llega con una bandeja de vasos de limonada o ceniceros limpios. Aunque mami intenta ahorrar dinero, hay demasiado que hacer para que Chucha mantenga sola todas las casas. Así que mami ha contratado a esta joven para que le ayude. Pero debemos tener mucho cuidado con lo que decimos enfrente de ella.

—¿Por qué? —pregunto —. ¿Porque es nueva?

Mami me lanza esa mirada que a leguas se nota que quiere decir «¡Cotorrita!». Después de que le dije a mami que me molestaba ese apodo, prometió dejar de usarlo. Pero todavía me hace gestos con los ojos cuando hablo demasiado.

—Ten cuidado de lo que dices —mami repite.

¡Supongo que no se puede confiar en una sirvienta que no le haya cambiado los pañales a toda la familia!

En realidad no me puedo quejar de que me pidan que guarde un secreto. Sammy y yo no hemos dicho ni una sola palabra de nuestro descubrimiento. Hemos vuelto dos veces a la casita de tío Toni, y en ambas ocasiones encontramos la puerta cerrada y con candado. Pero ha habido huellas recientes que entran y salen de la casita y un montón de colillas de cigarrillo, como si alguien sin cenicero las hubiera echado por la ventana.

—*Very fishy* —observa Sammy, usando una expresión que literalmente quiere decir que algo huele a pescado, o sea que algo muy extraño está sucediendo.

El complejo está plagado de peces, sí señor.

En la escuela, cualquier interés que hubiera despertado mi desaparición por dos semanas es eclipsado por dos acontecimientos mucho más interesantes: ya vienen las Navidades y Sammy va a estar en nuestra clase.

—Samuel Adams Washburn —lo presenta la señora Brown.

—Sam —la corrige Sammy.

La señora Brown le pide a «Samuel» que pase al frente y nos cuente algo sobre él. Sam se encoge de hombros mientras la señora Brown lo presenta.

Luego, la señora Brown va de uno por uno en cada fila y tenemos que presentarnos. Cuando me toca a mí, Sam levanta la voz:

—A Anita ya la conozco.

Tengo la cara iluminada de gusto.

Detrás de mí, Nancy Weaver y Amy Cartwright lo saludan entre risillas coquetas. ¡Tengo celos! Por ser americanas tendrán mucho más de qué hablar con Sam que yo.

¡Yo lo conocí primero! quiero gritar. *¡Vive al lado en la casa de mis primas!*

No es que me imagine que Sam sea mi novio, lo cual de todas formas no me está permitido. A mami no le parece bien que ande cerca de un varón que no sea de la familia. Pero desde que se mudaron mis primos, las reglas se han vuelto más estrictas y más relajadas a la vez, de una forma extraña. No puedo hablar de la visita de los del SIM o de la partida de mis primas para Nueva York, pero Sam puede ser mi mejor amigo aunque sea varón.

Después de las presentaciones, la señora Brown dice que tiene algo que anunciar:

—¡Niños y niñas, vamos a tener un juego especial para las Navidades! —Todos gritan con entusiasmo. La señora Brown se lleva un dedo a los labios para que nos callemos. Cuando nos calmamos, continúa—: Quiero que cada uno saque un nombre de este sombrero y cada quien será el Santa Claus secreto de la persona que le toque.

La mano de Oscar está en el aire antes de que la señora Brown acabe de dar las instrucciones, algo que no debemos hacer.

La señora Brown no le hace caso.

—Como Santa Claus secreto, cada uno podrá dejar notitas escondidas para la persona cuyo nombre haya escogido. Regalitos y sorpresas. Cosas así. Luego, en la fiesta de Navidad, cada uno se enterará de quién ha sido su Santa Claus secreto.

La señora Brown aplaude, imaginando lo divertido que va a resultar el juego.

—¿Alguna pregunta? —agrega la señora Brown, mirando a Oscar, quien agita la mano con fuerza. La clase emite un gemido.

—¿Qué pasa si escoges tu propio nombre? —Oscar quiere saber.

La señora Brown lo piensa un rato.

—Buena pregunta. Supongo que lo mejor sería volver a poner el nombre en el sombrero e intentarlo de nuevo.

Miro a Oscar. A veces es bastante listo. Es como de la altura de Sammy pero con un bronceado permanente, como los niños americanos describen a veces nuestro color de piel. En realidad Oscar es sólo mitad dominicano, del lado materno. Su padre, que es de origen italiano, trabaja en la embajada italiana, y es por eso que Carla y yo siempre hemos pensado que la señora Brown es más paciente con Oscar qué con el resto de nosotros los «criollos».

Parece que este juego del Santa Claus secreto va a ser divertido, aunque ahora que ya no está Carla, sólo hay una persona de quien me gustaría ser el Santa Claus secreto. Saco mi cadenita de adentro de la blusa y me pongo la crucecita en la boca. A veces me hace sentir más cerca a Dios.

—Por favor, te lo ruego, deja que me salga el nombre de Sammy —suplico.

Pero cuando desdoblo el papelito, ¡tiene el nombre de Oscar Mancini! Contemplo la posibilidad de volver a doblarlo y fingir que he sacado mi propio nombre. Pero eso no me parece bien, sobre todo en Navidad.

La idea del Santa Claus secreto no dura mucho. Al día siguiente, en clase, la señora Brown anuncia que debido a que ha tenido algunas quejas de los padres de familia, va a tener que cancelar el juego. La clase refunfuña.

—Ya lo sé, niños —dice la señora Brown, levantándose como si alguien la hubiera ofendido, pero no puede decirnos quién—. Yo también estoy decepcionada.

En el recreo, nos enteramos por medio de Amy y Nancy de lo que ha ocurrido. Algunos de los padres de familia dominicanos se quejaron con el director acerca de los Santa Closes secretos.

No me sorprende que las quejas hayan venido de parte de los padres de familia dominicanos, a muchos de los cuales no les gusta que la idea de Santa Claus suplante a los Tres Reyes Magos. Pero resulta que las objeciones no eran religiosas. En lugar de eso, algunos padres opinan que ya se respira un ambiente bastante tenso. El que los niños se dejen mensajes secretos puede prestarse a malas interpretaciones.

—¡Eso es ridículo! —dice Amy, poniendo los ojos en blanco—. ¿A qué se refieren?

—Al embargo —explica Oscar. Todos lo miran. Ninguno de nosotros está seguro de qué es un embargo.

—Muchos países ya no quieren tener nada que ver con nosotros —continúa Oscar—. Incluso los Estados Unidos —añade, haciendo una seña con la cabeza a Amy, como si ella hubiera dado las órdenes.

—Eso no tiene sentido —afirma Nancy—. Si no quisiéramos tener nada que ver con ustedes, ¿por qué estaríamos aquí?

Le pone los ojos en blanco a Amy y ella hace lo mismo.

Oscar lo piensa por un momento.

—No sé —admite al fin—. Pero mis papás están preocupados y por eso no quieren que hagamos nada en secreto.

—¡Así que fueron tus padres quienes se quejaron! —dice Nancy, tomando a Amy por el brazo. Las dos niñas se van muy ofendidas a donde Sammy está jugando con una pelota de baloncesto con algunos de sus nuevos amigos.

—¡Los Santas secretos no son maliciosos! —grita Amy por encima del hombro.

Sean lo que sean los Santa Closes secretos, yo espero que mis padres no se encuentren entre los que se quejaron. Pero esa noche durante la cena, cuando menciono que se canceló el juego del Santa Claus secreto, la expresión de alivio en sus rostros me hace sospechar que ellos también hablaron con el director.

—Ya hay bastantes secretos —mami se calla mientras Lorena trae el flan y se lleva los platos de la cena—, bastantes secretos en el mundo —dice mami, ¡como si ella misma no estuviera siempre pidiéndonos que aumentemos esa cantidad!

En clase, la señora Brown trata de explicarnos cómo funciona un embargo. Hay ocasiones en que un grupo de naciones está en contra de lo que otra nación está haciendo y se niega a negociar o tener cualquier trato con ese país hasta que mejore la situación.

—Como ustedes saben —dice la señora Brown —, los Estados Unidos ahora son parte del embargo.

Oscar asiente y voltea a ver a Nancy y a Amy como diciendo «se los dije».

Una docena de manos se levantan. Muchos de los estudiantes americanos tienen preguntas. ¿Está bien que ellos estén en un país al que se le ha impuesto un embargo? ¿Se encuentran detrás de líneas enemigas? ¿Van a tomarlos prisioneros?

La señora Brown niega con la cabeza y ríe.

—¡Santo cielo, no! —les asegura —. Por supuesto que no. Las naciones pueden estar en desacuerdo, pero la vida sigue su curso. Los Estados Unidos quieren estar en términos amistosos con este país. ¿Cuántos de ustedes tienen un hermano o hermana adolescente?

Se levantan muchas manos.

—¡Han visto cómo a veces sus padres castigan a su hermano o

hermana? No es porque no los quieran, ¿verdad? Es porque están preocupados y quieren que se superen como personas.

Mientras más lo pienso, un embargo se parece mucho a la silla de los castigos de casa de cuando nos portamos mal.

—¿Y qué ha hecho de malo la República Dominicana? —uno de los estudiantes dominicanos quiere saber.

Pero la señora Brown no contesta esa pregunta.

—¡Ya hablamos bastante de política, niños y niñas! Tenemos que ocuparnos de nuestra política interna. Vamos a tener una elección el día de hoy.

Resulta que Joey Farland, nuestro presidente actual, se irá en las vacaciones de Navidad. Su padre, el embajador Farland, ha sido llamado a Washington, D.C., debido al embargo, y no volverán. El padre de Sam, el señor Washburn, estará a cargo de la embajada que ahora es sólo un consulado. Algo así.

Cuando la señora Brown pide nominaciones, Nancy levanta la mano.

—Sam Washburn —anuncia. Todo el aula irrumpe en aplausos, como si Sammy ya hubiera ganado.

En la escuela, soy demasiado tímida como para tratar de ingresar al círculo íntimo de las admiradoras de Sam. Pero en el complejo todavía somos buenos amigos. Le dibujo un mapa del lugar y le cuento algunas de las historias que tío Toni me ha contado sobre Francis Drake y sus piratas, que enterraron un tesoro en la propiedad cuando asaltaron la isla en los años de 1500, o sobre los indios taínos que una vez tuvieron un cementerio detrás de la casa de tío Fran, que ahora está llena de espíritus; historias que son emocionantes de contar aunque ya no crea en ellas.

—¡Wow! —Sam sigue diciendo—. ¿Piratas y fantasmas aquí donde estamos parados?

Asiento con la cabeza. ¡Me encanta impresionar al muchacho más popular de la clase! Quizá el nuestro no sea el mejor país del mundo, ¡pero sí es muy interesante!

Una tarde, mientras Chucha y mami van de compras, nos metemos a escondidas al cuarto de Chucha y le enseño a Sammy su ataúd.

—¡Wow! —dice, mirando a su alrededor y viendo la toalla morada de Chucha que cuelga de un gancho, su mosquitero morado atado entre dos clavos, sus vestidos morados tendidos en una silla—. ¿Todo lo que se pone tiene que ser morado?

Apruebo con la cabeza:

—Hasta tiene que teñir sus blumens.

Me arde la cara cuando me doy cuenta de que estoy hablando de ropa interior con un varón.

Pero Sammy está muy ocupado con el ataúd para notarlo.

—¿Por qué está desgarrado adentro?

Estoy a punto de decirle cómo los del SIM tumbaron el ataúd y desgarraron el forro con un cuchillo. Pero en ese momento recuerdo las órdenes de mami de no hablar con nadie de la redada del SIM.

—¿Te apuesto a que sé lo que pasó? —adivina Sammy—. Apuesto que se le cerró la tapa una noche y tuvo que salir a arañazos de allí —Sammy hace unas garras con los dedos. Se ha puesto colorado, como siempre lo hace cuando se emociona—. ¿No crees que fue eso?

No sé que es peor, contar un secreto o decir una mentira. Así que me encojo de hombros, para mayor seguridad. En boca cerrada no entran moscas, me recuerdo a mí misma.

* * *

Supongo que mami tiene razón cuando dice que ya hay bastantes secretos en el mundo. Yo podría hacer una larga lista con sólo los secretos de nuestro complejo: el viaje repentino de mis primas, la estadía del SIM por dos semanas en nuestra entrada de carros, el intruso en la casita de tío Toni, las huellas recientes, las colillas de cigarrillos en la terraza. Un día, me encuentro con Chucha que se apresura a la parte trasera del terreno, cargando unas latas de comida amontonadas en una canasta.

—¿Adónde vas, Chucha? —le pregunto.

—Mi secreto, tu silencio —susurra uno de sus viejos dichos y se va de prisa.

A veces suena el teléfono y cuando contesto, quien sea que esté del otro lado cuelga.

Pero una vez, una voz de hombre pregunta por Don Mundo y luego de llamar a papi, me quedo escuchando para asegurarme de que él haya contestado antes de colgar.

—¿Don Mundo? —pregunta la voz—. ¿Qué tal?

—Estamos esperando los zapatos tenis del señor Smith —dice papi. Es una respuesta tan rara que, aunque tenía intenciones de colgar, me quedo escuchando.

—Estarán en Wimpy's —responde la voz y cuelga.

¿Wimpy's? Wimpy's es el supermercado elegante donde hacen sus compras la mayoría de los americanos y los demás extranjeros. Las puertas son de vidrio y se abren como por arte de magia cuando te acercas. Ponen el aire acondicionado tan fuerte que tienes que llevar un abrigo. Chucha asegura que el lugar está embrujado y se niega a entrar siempre que mami va de compras allí.

Cuelgo lentamente el teléfono.

Parece que mis padres están jugando su propio juego de Santa Claus secreto.

Estamos de vacaciones. Por lo general son mis vacaciones favoritas: primero mi cumpleaños y luego Navidad. Pero ahora que todos se han ido, no me hace mucha ilusión la soledad que me espera. Menos mal que los Washburn se mudaron al lado.

El día de mi cumpleaños, mami sugiere que invitemos a Sam, pero hace dos semanas le dije que tenía doce años, así que no quiero que me pesque en una mentira. Este año mi bizcocho de cumpleaños tiene forma de corazón. Mami tiene fama por sus bizcochos elaborados, pero no puede conseguir harina buena ni color vegetal americano, así que usa una marca criolla, que hace que el bizcocho adquiera un color morado en lugar del rojo rosa que quería. Chucha, por supuesto, está encantada.

Debido al embargo, algunos de los productos americanos que acostumbramos a comer en las Navidades no se consiguen o son demasiado costosos. Este año, no habrá manzanas rojas en el frutero ni bastoncitos de dulce en un platito para ofrecerle a los visitantes. El señor Cascanueces no tendrá nueces, sólo almendras del almendro que está detrás de la casa de mamita y papito.

Además, sólo voy a recibir un regalo este año. Trato de decidir entre un dije para mi pulsera o un diario con candado y llave pequeños como el que le dieron a Lucinda la Navidad pasada. Por fin me decido por el diario, porque mami insinúa que el oro cuesta mucho ahora, considerando nuestro presupuesto. Pero en realidad, lo que más deseo es que toda mi familia se reúna de nuevo.

—Aún así la vamos a pasar muy bien —promete mami.

El sábado antes de Navidad, vamos de compras al mercado al aire libre para conseguir lechón asado, aguacates, pasta de guayaba y plátanos maduros, los distintos vendedores pregonan su mercancía desde los puestos. A su lado, en el suelo, hay un montón de niñitos sentados, en harapos, mirándome desde abajo. Me siento afortunada y avergonzada a la vez.

Papi siempre dice que necesitamos un gobierno que les de una oportunidad a estos niños, como el de los Estados Unidos. «¡La educación es la clave! ¡Quién sabe si uno de estos tigueritos del mercado pudiera llegar a ser un Einstein o un Miguel Ángel o quizá hasta un Cervantes!» Mami hace que se calle con su típico: «Mundo, en boca cerrada no entran moscas». Pero se le nota un orgullo feroz en la cara, como si papi fuera un héroe por dar su opinión.

Monsito, el niño que nos ayuda a cargar las fundas, siempre nos lleva a los mejores puestos, donde todo está fresco. Es como de mi estatura, pero no sabemos cuántos años tiene. Cuando mami le pregunta, sólo niega con la cabeza y sonríe.

—¿No sabes cuándo es tu cumpleaños? —insisto.

Esto le preocupa, como si creyera que se pudiera meter en líos por no saber.

—Dieciséis —dice por fin, aunque eso parece más bien un cálculo aproximado.

Mami dice que Monsito bien podría tener esa edad y todavía estar tan pequeño como yo.

—Los niños pobres que no reciben una buena alimentación; sencillamente no crecen.

Aunque estamos economizando, mami le da a Monsito una propina generosa para que su familia compre comida para la Navidad. También le da varios pares de pantalones viejos de Mundín que probablemente no le van a quedar bien hasta que cumpla dieciocho, o quizá nunca.

De regreso del mercado, manejamos lentamente para pasear y ver los sitios de interés. Los caminos están atestados de gente. Parece como si todo el mundo hubiera venido a la capital para ver las decoraciones del palacio. Hay un nacimiento de tamaño real en la grama, debajo de la imponente estatua del Jefe a caballo. Parece como si esos pastores y camellos y hasta los mismos José y María hubiera venido desde Belén sólo para verlo a él.

Hacemos una parada rápida en Wimpy's para comprar una manzana para poner en el hocico del lechón asado y pasas para el delicioso pudín de pan que siempre comemos el día de Navidad.

—Lujos para la Nochebuena —explica mami. Me fijo bien a ver si veo algunos tenis, pero parece que no los venden.

Papi desaparece en la oficina de atrás con el dueño, cuyo apodo, Wimpy, es también el nombre de su almacén. Es un ex infante de la marina que vino al país con un ejército de ocupación hace años, pero una vez que se fueron las tropas, él se quedó, se casó con una dominicana rica y abrió su propio supermercado, el cual ha tenido mucho éxito. Es musculoso y tiene un águila tatuada en el brazo derecho. A veces, a nosotros los niños nos muestra sus músculos y el águila parece como si estuviera aleteando.

Cuando estamos listos para salir de la tienda, papi no está con nosotros. Resulta que ya está afuera en el estacionamiento, parado al lado del baúl de nuestro carro, con un pie en el parachoques, fumando un cigarrillo y hablando con Wimpy en voz seria y baja. Chucha está cruzada de brazos sentada en el asiento trasero, mirando detenidamente la fachada de la tienda. Lo único que se me ocurre es lo que mami a veces le dice a Lucinda cuando mi hermana mayor hace caras: «Si las miradas mataran . . . .»

Comenzamos a decorar la casa para darle la bienvenida al niño

Jesús. Un domingo, vamos a la playa y cortamos una mata de uva de playa pequeña, la pintamos de blanco y le colgamos las luces que parecen como goteros para la nariz llenos de agua de colores. Ponemos el nacimiento de madera de olivo de Belén, bendecido por el Papa, bajo el árbol, y colgamos la cara iluminada de Santa Claus en la pared, al lado del retrato del Jefe en la entrada principal. A veces papi hace una pausa cuando camina por allí, la luz rojiza ilumina su cara tensa. Pero no es a Santa Claus a quien está mirando con una expresión feroz, como «si las miradas mataran».

En Nochebuena, mami y papi dan una pequeña «fiesta de gallo», que se prolonga hasta la madrugada cuando los gallos comienzan a cantar. Invitan a algunos de sus amigos, entre ellos a los Washburn y a los padres de Oscar, los Mancini. La madre de Oscar, doña Marina, ha empezado a venir al grupo de canasta y durante uno de los juegos, mami y ella han descubierto que son parientes. Usan el reverso de la libreta donde anotan el tanteo del juego, para esbozar todo un bosque de árboles genealógicos. Es una conexión muy distante, así que espero que Oscar no vaya a contar a la escuela que somos primos hermanos.

Antes de que todos lleguen, hay una llamada especial de Nueva York. Esta vez no sólo se trata de mamita y papito o de otro de los tíos. Todos están reunidos en casa de mis abuelos y uno por uno cogen el teléfono y gritan «Feliz Navidad», como si fuera el volumen y no el cable al fondo del mar lo que transmitiera nuestras voces a través de los kilómetros. Cuando me toca a mí, mami me recuerda que debo tener cuidado de lo que digo, pero no tiene por qué preocuparse. Se me traba tanto la lengua que no puedo pensar en ninguna de las miles de cosas que quería decirle a Carla.

—¿Recibiste mi tarjeta? —grita ella.

—¡No, todavía no! —le contesto a gritos. Todo el correo tiene que pasar primero por los censores, así que, sobre todo en Navidad, una carta tarda mucho en llegar.

Me desvelo, ayudando a Lorena y a Chucha a pasar las bandejas con el ponche de ron tradicional. Este año las copas son más pequeñas, pero todos están felices de estar reunidos. Papi levanta su copa y ofrece un brindis:

—Que el año nuevo traiga paz y libertad . . . —me doy cuenta de que mami se pone tensa, mirando a Lorena de reojo. Papi también debe presentir algún peligro porque agrega—: ¡Paz y libertad a todos los pueblos del mundo!

—¿Qué quieres que te traiga Santa Claus? —me pregunta la señora Washburn. Tengo que morderme la lengua para no ser insolente. Es cierto que soy chiquita para tener doce, pero traigo puestos los zapatos de charol heredados de Lucinda con los tacones pequeños que hacen que casi llegue a los cinco pies de altura. Mami también me puso un poco de su pintalabios y colorete, y me puso fijador para el pelo para que parezca mayor. Pero supongo que todavía me veo de doce o, más bien, de once.

Más tarde, en la cama, me mantengo despierta con el sonido de unas voces apagadas y agradables que provienen del patio por fuera de mi ventana. Hacia la media noche, todos empiezan a cantar villancicos en inglés y español, y a veces en los dos idiomas mezclados; a veces el inglés predomina sobre el español y a veces el español predomina sobre el inglés, dependiendo de qué voces llevan la melodía de esa canción.

Por fin me quedo dormida y sueño que Santa Claus llega en un Volkswagen negro repleto de mis primos que cargan canastas llenas de manzanas y pasas y nueces. Él toca y toca a la puerta principal, pero nadie lo escucha debido a la bulla de la fiesta que hay adentro.

Me siento muy erguida en la cama, decidida a dejarlo entrar. Un silencio extraño e inquietante llena la casa. Parece que los invitados se han ido. Abro las persianas al lado de mi cama y miro más allá del patio al jardín vecino. Los faroles de fiesta se apagaron y el jardín está envuelto en la oscuridad. Pero a la distancia, en la parte trasera del terreno, brilla una luz en la casita de tío Toni, una chispa reluciente dentro del follaje oscuro. Sumida en mi aturdido y somnoliento estado, me invade la alegría, como si un Santa Claus secreto hubiera llegado, y yo fuera de nuevo una niñita.

cuatro
El diario desaparecido

La señora Brown siempre dice que el escribir hace que una persona se vuelva más reflexiva e interesante. No me consta lo interesante, pero el diario que recibí en Navidad realmente me está haciendo pensar en muchas cosas.

Por ejemplo, en Sam. Su pelo rubio blancuzco ya no me parece demasiado blanco . . . sus ojos azules ensoñadores son como un cielo de fantasía . . . y de pronto estoy pensando en que quiero que sea más que un amigo, ¡me den permiso de tener novio o no!

Antes de escribir todo esto, en verdad no sabía que esos eran los sentimientos en lo más profundo de mi ser.

Por eso siempre escribo con lápiz. Quiero estar segura de poder borrar lo que he escrito en cualquier momento. Todavía tengo la enorme goma de borrar de Carla. Con unas cuantas pasadas, me puedo deshacer de cualquier evidencia por si los del SIM llegaran a nuestra puerta.

Otro peligro es mami. No que mi mamá sea una mamá entremetida, ya que ella cree que Dios puede verte desde el cielo y eso ya es bastante vigilancia. Pero dado lo nerviosa que ha estado últimamente y dado los problemas en que aparentemente estamos metidos y suponiendo que el diario se cayera de su sitio debajo de la almohada cuando ella estira la cama, sus ojos podrían leer oraciones como «creo que me estoy enamorando de Samuel Adams

Washburn» y eso sería el fin del permiso de que Sam sea un amigo de cualquier especie.

Así que siempre que anoto algo íntimo, lo dejo escrito por el resto del día, como cuando saboreas un pedazo de caramelo antes de morderlo. Luego, en la noche, borro esa página por si acaso.

No le he contado a Sam de mi diario porque sé que querría verlo. Lo que sí le menciono es que mis padres siempre revisan las cartas que le mando a Carla antes de ponerlas en el correo. En cuanto a las cartas que Carla me manda, debe leerlas un censor muy desordenado porque los sobres llegan rotos y pegados con cinta adhesiva, a veces con oraciones enteras tachadas.

Sam me dice que hay un invento en los Estados Unidos que se llama tinta invisible, la cual te permite escribir cosas para que nadie las lea hasta que remojas la página en una sustancia química que hace que vuelvan a aparecer las letras.

Ojalá tuviera una botella de esa tinta para escribir en mi diario porque la verdad es que me siento medio triste escribiendo a lápiz, siempre lista para borrar. Pero Sammy dice que es probable que no vendan esa tinta por ningún lado en este país, ni siquiera en Wimpy's.

Se supone que la escuela volverá a abrir sus puertas el lunes 9 de enero, poco después del Día de los Reyes, pero nos llega un anuncio del director que no se reanudarán las clases hasta el fin de mes. Resulta que muchos de los americanos están viajando a Washington, D.C. para la toma de posesión de su nuevo presidente, John F. Kennedy. Muchos, como los Farland, no regresarán.

Como papi conoce al señor Farland, desde que estudiaron juntos en la universidad en los Estados Unidos, vamos a su casa a despedirnos. Wimpy y el señor Washburn también se encuentran allí. Papi los alcanza en el patio. Me llegan fragmentos de su conversación: « tenis», «atrocidad cometida en contra de las Mariposas», «intervención de la CIA. . . .» Antes de que pueda descifrar lo que están diciendo, la señora Farland me llama y tengo que alejarme de la puerta:

—Anita, cariño, ven aquí y deja que Joey te cuente sobre la toma de posesión de nuestro nuevo presidente.

Ya sé cómo funciona el gobierno de los americanos porque lo tenemos que estudiar en la escuela. Cada cuatro años tienen un concurso y al que gane le toca ser el jefe. Pero no puede seguir siendo el jefe indefinidamente. Sólo puede ganar el concurso dos veces y luego tiene que dejar que gane alguien más.

Nosotros también tenemos elecciones, pero sólo hay una persona en el concurso, Trujillo, y ya ha sido nuestro jefe por treinta y un años. Una vez le pregunté a la señora Brown por qué nadie más entraba de candidato, y ella titubeó y dijo que quizá sería mejor que le preguntara a mis padres. Cuando le pregunté a mami, dijo:

—Pregúntale a tu papá. Y cuando le pregunté a papi, me dijo que le preguntara a mami. Después de un rato me cansé de preguntar.

Se nota que mami y papi están muy contentos de que el señor Kennedy vaya a ser el presidente americano. Mami opina que es muy buen mozo, con ese pelo que le cae sobre los ojos, y tiene *solamente* (¡¿?!) cuarenta y tres años de edad. También porque es católico, que es como si fuera una especie de pariente nuestro, ya que somos de la misma familia religiosa. Y lo más importante, dice papi, es que el señor Kennedy se ha autodeclarado defensor de la democracia en el mundo entero.

En la siguiente reunión de canasta, las amigas de mami hacen un recuento de todas las familias conocidas que se han ido del país. La señora Washburn confiesa que el señor Washburn ha mencionado que desea mandar a su familia de regreso a casa. Siempre se refiere a su esposo como el señor Washburn, como si llamándolo simplemente Henry, nadie fuera a saber de quién está hablando.

—Le dije al señor Washburn, de ninguna manera —anuncia a la mesa—. ¡Nos iremos cuando él se vaya! Tenemos inmunidad diplomática. ¡Ese hijo de la gran . . . es un perro muerto si se atreve a tocarnos!

Ninguna de las dominicanas dice ni una palabra. En silencio, toman a sorbos sus cafecitos y se miran unas a otras. Mami, que ha mejorado mucho su inglés desde que los Washburn son vecinos nuestros, dice:

—Doris, por favor ponle la tapa a la azucarera. Hay muchas moscas.

Miro alrededor para buscar las moscas, pero no puedo ver ninguna. Lorena acaba de salir de la cocina con una bandeja para recoger las tazas de café vacías. Quizá ella las ahuyentó.

Entonces, de pronto, me doy cuenta: mi madre está hablando en clave con la señora Washburn. Le está diciendo, «Nos están escuchando; guarda silencio». Es como si hubiera entrado a una habitación donde no debo estar, pero ahora que estoy adentro, la puerta ha desaparecido. Me siento igual como cuando Lucinda me dijo que un día a mí también me llegaría el período.

—¿Y qué tal si no quiero? —le pregunté, asqueada de pensar en sangrar entre las piernas.

—No puedes evitarlo —replicó.

Más tarde, escribo en mi diario sobre la posibilidad de que la familia Washburn se regrese a los Estados Unidos. De sólo pensar en quedarme sin Sammy, empiezo a llorar. Al limpiar las lágrimas de la página, dejo una mancha tan grande en la escritura, que no tendré que borrar nada esta noche.

* * *

Según mami, me está dando el mismo caso de bañitis aguda que a Lucinda

Pongo los ojos en blanco cuando lo dice. ¡¡Será que no puedo al menos tener mis propias enfermedades?! Dicen que tengo la piel color café con leche de mi madre, el pelo negro y rizado de mi padre, la nariz ligeramente respingada de mi abuela, los hoyuelos de una tía abuela que pasó la vida sonriéndole a todo el mundo. ¡Me siento como un ser humano de segunda mano!

Por supuesto que mami tiene razón. Estoy pasando mucho más tiempo en el baño. Pero no tengo la más mínima intención de decirle que no tiene nada que ver con imitar a Lucinda y sí mucho que ver con que Sam me gusta.

El que a una le guste un muchacho, hace que se ponga a pensar en si es lo suficientemente bonita. Me paro frente al espejo, contemplándome. Mi cabello negro es una maraña de rizos. Mi nariz es común y corriente. Mi boca es común y corriente. Y ahora que lo pienso, mi cara es bastante común y corriente. Pero la señora Washburn dice que me parezco un poco a Audrey Hepburn, pero bronceada. Cuando le digo eso a Lucinda, lo único que me dice es «soñar no cuesta nada».

De todas manera, si la señora Washburn opina eso, ¿quizá Sam también? Busco en las revistas viejas de *Novedades* de Lucinda y en las revistas *Look* y *Life* que la señora Washburn ya no quiere, para ver fotos de Audrey Hepburn. Pero en todas las que encuentro, tengo que darle la razón a Lucinda de que soñar no cuesta nada.

Una tarde de canasta, la señora Mancini trae a Oscar. Mami dijo que yo estaría encantada de tener por aquí a mi compañero de clase. Cuando lo dice, tengo que hacer todo lo posible por no poner los ojos en blanco. Mami dice que es una mala costumbre que he adquirido desde que cumplí los doce. (¡No debe haberme visto cuando tenía once!)

Me preocupa que Sammy no quiera andar conmigo si mi «primo» Oscar está aquí. Me quedo en mi cuarto después de que mami me avisa que ya llegaron los invitados. Cuando por fin salgo a saludarlos, Oscar y Sammy han desaparecido. Los encuentro saltando en el trampolín, desafiándose para ver quién puede tocar las ramas de la ceiba.

Aunque me preocupaba que fueran enemigos, ahora me da coraje que se hayan hecho amigos sin mi ayuda. A veces, ¡es tan confuso ser yo! Sólo cuando escribo en mi diario me siento un poco menos loca.

Oscar es el primero en notarme.

—¡Hola, Anita!

En lugar de saludarlo, doy media vuelta y me voy.

—¿Qué le pasa? —escucho que Sammy le pregunta.

—Creo que está ofendida —contesta Oscar—. Oye, Anita, espera —me llama. No puedo creer que sea Oscar el que comprenda cómo me siento, no Sammy, con quien creo que me gustaría casarme, aunque no lo diga.

Cuando me alcanzan, también es Oscar quien me dice:

—Me preguntaba dónde podrías estar.

—Así es —agrega Sammy, y el sol brilla de nuevo en mi corazón.

—El país entero está metido en problemas —explica Oscar. Estamos sentados debajo del trampolín después de que rompimos una de las cuerdas por saltar los tres al mismo tiempo. Mami vio a la señora Brown en Wimpy's y ella le dijo que tal vez tengan que cerrar la escuela porque muchas familias se están yendo.

—¡Nosotros nos quedamos! —anuncia Sam con orgullo—. Tenemos amnesia.

—Amnistía —lo corrige Oscar. Me muerdo el labio para no sonreír. Aunque falta poco para que me enamore de Sam Washburn, no puedo resistir el sentirme orgullosa de un dominicano que corrige el inglés de un americano—. Pero querrás decir inmunidad —prosigue Oscar—. Nosotros también tenemos inmunidad porque mi papá trabaja en la embajada italiana. Mucha gente se refugia en la embajada porque el SIM no puede tocarlos si piden refugio en la propiedad de otro país. Como tu tío —dice, volteandose hacia mí.

—¿Qué tío? —quiero saber. Por supuesto, pienso en tío Toni.

—No debo mencionar nombres. Pero el embargo quiere decir que los países están cerrando sus embajadas. Es por eso que ya no tienes una embajada —señala a Sammy—. Sólo un consulado.

—Mi papá es el cónsul —Sammy presume.

—Ya lo sé, pero no es el embajador.

—¿Y qué?

Oscar se encoge de hombros.

—Sólo que no puede ayudar a la gente que quiere liberar a este país.

¡Somos *libres*! quiero gritar. Pero de pensar en cómo los del SIM hicieron esa redada en nuestro terreno, cómo tío Toni tuvo que desaparecer, cómo tengo que borrar todo de mi diario, sé que Oscar está diciendo la verdad. ¡No somos libres —estamos atrapados— las García se fueron justo a tiempo! Siento el mismo pánico como cuando los del SIM se metieron a la fuerza a nuestra casa.

—Tu padre —señala a Sammy— y el tuyo y el mío también —agrega, señalándome a mí y luego a sí mismo—. Todos ellos lo saben, pero no quieren preocuparnos.

—Así que, ¿cómo es que sabes todo esto? —Sammy se enfrenta a Oscar.

Una sonrisa lenta se extiende por la cara de Oscar.

—Hago muchas preguntas.

Yo también, estoy pensando, pero hasta ahora nunca me han dado respuestas.

Escribo todas estas cosas que Oscar nos cuenta en mi diario.

No sé qué haría sin este. Es como si mi mundo se estuviera desbaratando, pero cuando escribo, mi lápiz es un hilo y una aguja, y estoy cosiendo y uniendo de nuevo los retazos. A veces, me levanto a media noche llorando. Cruzo el pasillo hacia la habitación de Lucinda y me meto a su lado en la cama. Parece que le gusta mi presencia porque deja que me quede allí, en vez de decirme que me largue, como lo hacía antes.

Las peores historias que Oscar nos cuenta tienen que ver con el Jefe. Cuando Lucinda me dijo por primera vez lo malo que era, me sentí muy confundida. Todo el mundo siempre había tratado al Jefe como si fuera Dios. Tiemblo de pensar cuántas veces le he rezado a él, en lugar de a Jesús en la cruz.

—Hace cosas peores que crucificar a la gente —Oscar nos dice una vez—. Los desaparece.

Recuerdo que Chucha había dicho que los del SIM desaparecían a la gente.

—¿Qué quiere decir eso exactamente? —le pregunto a Oscar. Es mucho más fácil hablar con él que con Lucinda. Por lo general a ella tengo que rogarle y además darle un masaje gratis en la espalda antes de que me cuente algo.

—Él apresa a la gente, luego les saca los ojos y las uñas, y echa sus cadáveres al mar para que se los coman los tiburones.

—¡Increíble! —dice Sammy, impactado, sus ojos ávidos de más detalles espeluznantes.

Se me revuelve el estómago. Es demasiado horrible pensar en tío Toni sin ojos y sin uñas. Pero no quiero vomitar frente a un muchacho de quien me estoy enamorando y un primo con quien no quiero estar emparentada.

—Aquí hay un fantasma misterioso —digo en voz alta, tratando de cambiar de tema. Quiero asustarlos con esta noticia, pero ahora un fantasma parece inofensivo comparado con lo que acabamos de escuchar.

—Llega de noche y luego se va durante el día —agrega Sam. Le he contado a Sam de la luz que vi en casa de tío Toni en Nochebuena. Le contamos a Oscar todos los detalles de la puerta sin candado y las colillas de cigarrillo.

—Vamos a ver —insiste Oscar.

Cuando nos dirigimos a la parte trasera del terreno, escuchamos unos pasos que se apresuran por el camino hacia nosotros.

—¿Qué andan haciendo aquí atrás? —nos pregunta Chucha, mirando del uno al otro, como si tratara de adivinar quién de nosotros le dirá la verdad.

—Tenemos permiso —anuncio, luciéndome frente a mis amigos.

Chucha me mira a los ojos. Ya sé que está a punto de decir que ella es quien da o no los permisos, ya que antes me cambiaba los pañales.

Rápidamente, doy marcha atrás y le explico:

—Chucha, alguien ha estado en la casita de tío Toni.

Se le agrandan los ojos oscuros en señal de advertencia.

—Debes tener mucho cuidado —susurra, haciendo el conocido gesto de cortarse la cabeza—. Muy pronto sucederán cosas ante las que no hay amparo —Mira el cielo y luego a su alrededor como si viera señales por todos lados—. No habrá amparo sino silencio, no habrá amparo sólo escondites oscuros, alas y rezos.

Al escucharla, recuerdo que a veces Chucha ve el futuro en sus sueños. Tiemblo de sólo pensar qué es lo que ha visto.

Aunque Sam habla un poco de español, casi nunca entiende a Chucha, que tiene una tendencia a hablar entre dientes y a mezclar palabras haitianas con el español.

—¿Qué dice? —quiere saber.

—No estoy segura —le digo—. A veces habla en clave y tienes que descifrar lo que está diciendo—Volteo a ver a mi antigua niñera y le pregunto lo que más me preocupa—: ¿Cómo está tío Toni?

Como si Chucha no sólo diera respuestas sino que las materializara, en la ventana de la casita aparece una cara. Son inconfundibles el cabello oscuro y rizado, el mentón pronunciado y lo buen mozo que hace que las muchachas bonitas llamen a tía Mimí y le pregunten que si pueden venir a ver sus orquídeas. Siento un gran alivio cuando veo a mi tío intacto, con todo los ojos y uñas. Pero soy bastante prudente como para no mencionar su nombre.

—¿Quién es ése? —pregunta Sammy. Él y Oscar miran en la misma dirección que yo.

No sé cómo Chucha adivina lo que preguntó Sammy, ya que no sabe ni una palabra de inglés, pero responde:

—Dile al americanito que no vió a nadie.

Aunque sé inglés, no sé cómo traducir algo que no tiene sentido, ni siquiera para mí.

Dile que no vió a nadie, escribo en mi diario cuando alguien toca a la puerta.

—Un momentito, por favor —digo y rápidamente borro la página que he estado escribiendo, antes de meter de nuevo el diario bajo la almohada.

Mami está a la puerta.

—¿Todo bien? —dice, mirando alrededor del cuarto, preguntándose quizá qué oculto que necesito demorarme «un momentito» antes de decir «adelante»—. Quiero enseñarte algo —dice mami, haciéndome una seña misteriosa para que salga con ella.

Me guía más allá del patio y frente a la casa de mamita y papito hasta el estanque que antes estaba lleno de lirios acuáticos de tía Mimí. Ahora está recubierto de una capa de lama verde y plagado de sapos. Nos sentamos en el banco de piedra y mami pone mi manos entre las suyas.

—Sé que han pasado muchas cosas raras, Anita —comienza—. Y sé que has estado muy preocupada y que tienes muchos interrogantes—Me toca la cara con mucha delicadeza, como si quisiera desvanecer todas las preocupaciones que se han acumulado durante el último mes—Ahora tienes que comportarte como una mujercita.

—¡Ya tengo doce años, mami! —doy un suspiro y pongo los ojos en blanco. Últimamente, si alguien me habla como si fuera una niña pequeña, me enojo. Pero también estoy triste porque ya no soy una niña y porque sé todo lo que sé. También he escrito sobre estos sentimientos confusos en mi diario, pero esta es una confusión que no se esclarece ni al escribirla.

—Ya eres una señorita —mami está de acuerdo—. Y voy a confiar en ti como lo he hecho con Lucinda y tu hermano. ¿Te parece bien? —añade con cierta inseguridad, como si no supiera si dar el siguiente paso.

Pongo los ojos en blanco.

—¡Mami, sé muchas más cosas de las que te imaginas!

—¿Ah?

Me pregunto si este será el mejor momento para contarle las cosas espeluznantes que me contó Oscar, o decirle que vi a tío Toni por la ventana de su casita. Pero me temo que si digo una sola palabra, puede que mami no llegue a contarme lo que me quería decir.

—Sólo cosas acerca de volverse una señorita.

Mami titubea.

—¿Ya te llegó . . . el período?

Niego con la cabeza. Antes creía que cuando empezara a sangrar entre las piernas, mami sería la primera en saberlo. Ahora no estoy tan segura de que quiera contarle algo tan íntimo.

—Lo que ocurre es que tus tíos y sus amigos no estaban contentos con el gobierno y tenían un plan que fue descubierto por el SIM —la historia de mami se parece a la de Lucinda—. Arrestaron a muchos de esos amigos. Algunos, como tío Carlos, se fueron del país. A otros los mataron.

Mami se detiene un momento y se seca los ojos. Después cierra los puños apoyándolos sobre sus piernas.

—Al principio tu padre no quería poner en peligro a su familia. Pero a veces la vida sin libertad no es vida.

Me da miedo escuchar eso. Es como lo que alguno diría frente al pelotón de fusilamiento antes de que le disparen.

—¿Si queremos ser libres, por qué no nos vamos a Nueva York como el resto de la familia para ser libres? —le pregunto, esperando que me asegure que no estamos atrapados, que podemos irnos si así lo deseamos.

—¡No! —dice mami, apretando los puños—. ¿Qué hubiera sido de los Estados Unidos si George Washington hubiera abandonado su país? ¿O si Abraham Lincoln hubiera dicho «ya basta»? Los negros todavía serían esclavos.

Me da vergüenza ser una miedosa. Pienso en lo que dijo papi sobre tener un país donde todos, incluso Monsito, tengan una oportunidad.

—Y algún día —prosigue mami—, seremos libres, y todos tus primos y tías y tíos regresarán y nos darán las gracias—Mira a los jardines descuidados alrededor, a los arbustos sin podar, a las casas abandonadas. Una mirada triste surca su cara—. En realidad, el embargo ya está surtiendo efecto. Hay aquí algunos observadores de otros países y el gobierno intenta demostrar lo justo que es. Eso quiere decir que han liberado a todos los amigos de tío Toni que estaban en la cárcel. Las cosas van a cambiar, pero hasta ese día, tendremos que tener paciencia y hacer algunos sacrificios.

Ya sabía que iba a llegar a la parte difícil, tarde o temprano.

—Tu tío Toni ha estado . . . escondido —explica, escogiendo sus palabras con cuidado—. Ahora puede salir. Pero los del SIM todavía pueden llevárselo en cualquier momento. Hasta cierto punto está a salvo en el complejo, mientras el señor Washburn viva al lado. Pero sería mejor que tú y Sammy y Oscar ya no anduvieran allá atrás —hace un ademán con la cabeza en dirección a la casita—. Además, no hables con nadie acerca de esto. Sólo con tu almohada.

He de tener cara de culpable de tan sólo pensar en lo que está escondido bajo mi almohada justo en este momento. Es como si mi mamá pudiera leerme el pensamiento.

—Te tengo que pedir un último favor, mi amor. De momento, ya no escribas en tu diario.

—¡Qué injusto! —mami me dio el diario para la Navidad. Decirme que no escriba en él es como si me quitara mi único regalo.

—Yo sé que es injusto, Anita —mami enjuga mis lágrimas con sus pulgares—. Por ahora, tenemos que ser como el gusanillo en el capullo de la mariposa. Encerrados y sigilosos hasta que llegue el día . . . —Abre los brazos como si fueran alas.

Regreso a mi habitación y borro todas las páginas de mi diario. Luego lo guardo en mi clóset junto a las cosas de Carla. Hasta que llegue el día.

cinco

El señor Smith

Ahora que me han prohibido andar por el terreno, paso mucho tiempo jugando barajas con Sam en nuestro patio. De verdad no entiendo por qué mami tiene que ser tan precavida. Como el cónsul vive al lado, los infantes de marina hacen guardia en el complejo las veinticuatro horas del día. A veces, me despierto con el *clic clop* de sus botas mientras patrullan los jardines por la noche.

Jugamos al casino y a la canasta y a la concentración. Susie y Lucinda, quienes están tan aburridas como nosotros, nos acompañan. A excepción de la escuela, que por fin volvió a abrir sus puertas, ya no salimos. Los padres son más precavidos que de costumbre, sobre todo los padres que tienen señoritas.

Susie abre sus cartas en abanico. Tiene las uñas pintadas de un rosa pálido como el interior de un caracol.

—Es por el señor Smith —dice ella, mirando a Lucinda con cierta complicidad. Las dos niñas sueltan unas risillas cuando Sam y yo les preguntamos:

—¿Quién es el señor Smith?

—En realidad no se llama señor Smith —Susie baja la voz. Hasta ella habla en secreto cuando se trata de ciertos temas—. Es un tipo muy poderoso. Y le gustan las muchachas, las muchachas bonitas y jóvenes. Así que los padres de familia no dejan que sus hijas salgan a lugares públicos donde el señor Smith pueda verlas. Porque si las ve y las desea, se sale con la suya.

Me da un escalofrío y miro fíjamente a Lucinda. Las ronchas nerviosas del cuello se le han enrojecido y se las está rascando.

—Oye, genio, ¿quién está ganando? —Susie le pregunta a Sam, que lleva la cuenta. Con frecuencia es sarcástica con su hermano menor—. ¡Ay, Lucy-*baby*! ¡Llevas quince! ¡Tu número de la suerte!

En dos semanas, Susie cumplirá los quince. Lucinda le ha dicho que ser una quinceañera es algo muy importante en nuestro país. Algunos padres de familia dan una fiesta de quince años tan espléndida como una boda.

—Tenemos que hacerte algo para tu cumpleaños —insiste Lucinda.

—¿Cómo qué? No podemos ir al club, no podemos ir a la playa —Susie repasa su lista de quejas. Me da la impresión de que se la repasa con mucha frecuencia a su madre, quizá tan seguido como Lucinda lo hace con la nuestra—. Estoy *taaan* aburrida. No me molestaría hacer algo emocionante —Susie suspira profundamente, igual que su mamá cuando le toca una mano de cartas mala.

—¿Y por qué no hacen una fiesta aquí? —dice Sam distraídamente. Está haciendo las cuentas otra vez; y otra vez él tiene la puntuación más baja hasta ahora—. Este lugar parece un club.

Las dos muchachas se le quedan viendo como si le hubieran brotado alas.

—Pues sí parece —agrega a la defensiva.

—¡Querido Samuel —dice Susie—, que idea tan *fantástico*! —Se le acerca y le planta un beso en la mejilla, y él se lo limpia de inmediato, haciendo una mueca como si tuviera una anaconda enroscada al cuello.

—Mi hermano, el genio —declara Susie, esta vez sin sarcasmo.

* * *

Al principio, los padres de Susie no parecen estar muy entusiasmados con la idea de una fiesta de quince años.

—¡Querían que me esperara a que cumpliera los dieciséis! —se queja con Lucinda y conmigo. Estamos practicando el *twist* en su sala, escuchando a un tipo que se llama Chubby Checker en el tocadiscos portátil de Susie. Sammy está en una reunión de los Boy Scouts, así que me invitaron a estar con ellas. Lucinda por lo general me dice que me largue cuando está con una de sus amigas. Pero últimamente, se ha portado mucho mejor conmigo. Quizá se esté dando cuenta de que no sólo soy una hermanita boba, sino una amiga en potencia. Bueno, ¡quizá *amiga en potencia* sea una exageración!

—«Vamos, Susan Elizabeth»—dice Susie, imitando a sus padres—, «te podemos hacer una gran fiesta cuando cumplas los dieciséis allá en los Estados Unidos.» ¿Pueden creerlo?

—Qué horrible —dice Lucinda.

Apruebo con la cabeza.

—A mí tampoco me hicieron fiesta de cumpleaños —agrego.

—Pobrecita —Susie se compadece—. ¿Pero adivina qué? —Su cara está muy animada y sé que es mejor no tratar de adivinar.

—Les dije a mis padres que ustedes me habían dicho que aquí el cumpleaños que se celebra en grande es el número quince. Ellos son quienes siempre están diciendo que adonde fueres haz lo que vieres. De todos modos, ¡dijeron que sí! Así que vamos a bailar *twist, twist, twist* toda la noche —Le sube el volumen a Chubby. Checker y bailamos el *twist* para celebrar.

El plan es hacer la fiesta de Susie el día de su cumpleaños, el 27 de febrero, que queda perfecto, ya que es el día de nuestra independencia nacional.

—Tendrás fuegos artificiales gratis —advierte Lucinda.

Durante las siguientes dos semanas, es como si alguien del complejo se fuera a casar. Los Washburn contratan a dos jardineros que arreglan los jardines. El terreno vuelve a adquirir el aspecto de parque bien cuidado. Se cuelgan linternas de papel de árbol en árbol y se limpia el estanque de lirios de tía Mimí, de modo que otra vez podemos ver las monedas de la buena suerte que echamos alguna vez. El grupo de canasta se reúne a diario para hacer los regalitos de recuerdo y ayudar con las invitaciones. La fiesta comenzará con picaderas y refrescos, seguidos del baile: rock and roll en el tocadiscos para los amigos de Susie, y merengues y chachachás tocados por un conjunto dominicano para los invitados de sus padres. La fiesta de quince años de Susie se ha convertido en una gran recepción ofrecida por el cónsul. Pero qué se va a hacer, explica el señor Washburn. En el ambiente delicado que impera en un país sometido a un embargo, debes tener cuidado de no ofender a nadie.

En nuestra casa, Lucinda se prueba todos sus vestidos elegantes, y mami la observa y le hace comentarios. Siempre están discutiendo sobre los escotes y los hombros al descubierto. Por fin, se deciden por un traje largo, amarillo pálido, sin tirantes, un vestido heredado de una tía glamorosa que había sido reina de belleza antes de casarse y tener hijos. Tiene una cinturita y una falda de cretona que se acampana como el tutú de una bailarina. Lucinda acepta ponerse una estola, no por modestia, sino para esconder las ronchas del cuello que no desaparecen.

—No te vayas a quitar la estola —mami le insiste a Lucinda, que está tan indignada que me pone los ojos en blanco a mí, a falta de una amiga de su edad.

—En cuanto a usted, señorita —dice mami, dirigiéndose a mí—, espero que sepa que estamos haciendo una excepción.

Por supuesto, sé que no se acostumbra que una niña que todavía no ha cumplido los quince vaya a una fiesta por la noche donde habrá varones. Pero se supone que esta es una «reunión familiar» ofrecida por nuestros vecinos. Me alegro de no haberle dicho a mami lo que siento por Sam o hubiera hecho que me quedara en casa, tratando de dormirme mientras Elvis Presley chilla «*You Ain't Nothing but a Hound Dog*» o el conjunto de merengues canta «Compadre Pedro Juan» y «Anoche soñé contigo».

(¡Y me moriría si no llegara a bailar con Sammy!)

Tío Toni regresa. Tiene visitantes todas las noches. Se sientan en nuestro patio, hablando por horas. A veces, caminan hasta su casita para mayor privacidad. Con frecuencia, el señor Washburn los acompaña.

Papi y tío Toni por lo general hablan en inglés con el señor Washburn. Ambos fueron a la universidad en los Estados Unidos, papi fue a Yale, lo que la pobre de mami siempre pronuncia mal como «jail», o sea «cárcel» en inglés. Cuando conoció por primera vez a la señora Washburn, mami andaba presumiendo de que su esposo había ido a la cárcel. La esposa del cónsul sonrió de manera tensa y dijo:

—Ay, qué lástima, querida —lo que desconcertó a mami por completo, ya que creía que Yale era la universidad donde las mejores familias de los Estados Unidos mandaban a sus hijos varones a estudiar.

Tío Toni siempre nos acompaña durante las comidas, aunque eso no quiere decir que coma mucho. A veces nos cuenta lo que le ha pasado en los últimos meses. Cómo el SIM hizo una redada a la casa donde se reunía con unos amigos, cómo se las arregló para escapar, pero en vez de regresar a casa y poner a su familia en peligro, se escondió, e iba de escondite en escondite, sin poder dormir más que unas cuantas horas cada noche. Todavía está muy nervioso todo el tiempo, pega un salto cuando alguien toca a la puerta o a Lorena se le caen los cubiertos al suelo. Está atento a todo, se fija en las ronchas de Lucinda y las uñas mordidas de Mundín.

—Es una vergüenza —repite, con el mentón tenso— que los niños ya no puedan ser niños en este país tan sufrido.

Papi asiente con pequeños movimientos como aquellos perritos de cuello de resorte que la gente pone en las ventanas traseras de sus carros.

—La democracia —dice papi—, pero la democracia es sólo el comienzo. La educación es la clave.

Mami los silencia a ambos con la vista. Tenemos que ser precavidos para que los que están en la nómina secreta del SIM, no nos oigan. A Lorena la sorprendieron recientemente «limpiando» las gavetas del escritorio del estudio de papi.

Papi y tío Toni son tan valientes. Me dan ganas de ser como Juana de Arco, una niña valiente que oía voces celestiales. Pero por desgracia, a diferencia de Santa Juana, todavía no oigo una voz que me diga qué puedo hacer para ayudar a mi país sufrido.

—Ya me enteré que los vecinos van a hacer una gran fiesta —dice tío Toni durante la cena una noche.

—¿Que no vas a venir, tío? —A Lucinda parece sorprenderle que nuestro tío buen mozo se fuera a perder de una fiesta. Baila muy bien y a las muchachas les encanta.

—Creo que sería mejor que tu tío no diga ni pío —se ríe tío Toni. Es mejor pasar desapercibido. Además, no ha sido invitado. El señor Washburn tiene que entregar la lista de invitados a la Cancillería cada vez que tiene una reunión. No causaría muy buena impresión que el cónsul norteamericano invitara a un hombre que apenas acaba de ser perdonado por el gobierno.

—Ojalá pudiera ir —agrega, guiñándole el ojo a Lucinda—. Me gustaría ver esa estela de corazones rotos.

—Ay, tío, no comiences —lo regaña Lucinda, fingiendo indignación.

—Lo digo en serio —insiste tío Toni—. Serás la reina del baile.

Le echo un vistazo a Lucinda y me sorprende lo bonita que es. Lleva el cabello oscuro en una cola de caballo alta y se le hacen hoyuelos cuando sonríe. Lucinda me recuerda mucho a la muchacha mayor que sale en el programa del Club de Mickey Mouse, que he visto en la televisión de los Washburn. «¡Hola, soy Annette!» dice la muchacha.

—Y esta señorita no se queda atrás —dice tío Toni, guiñándome el ojo. Mi tío asegura que he crecido durante los meses en que él ha estado fuera. De hecho no soy una señorita, ya que no me ha llegado el período. Pero a mi cuerpo le están pasando cosas extrañas. Se me han hinchado los pechos como dos pequeños capullos que me duelen si alguien choca conmigo. También he crecido un cuarto de pulgada desde la Navidad. No tengo intenciones de quedarme bajita para siempre, como el pobre Monsito, que nunca come lo suficiente.

Dentro de mi corazón, también están sucediendo cosas extrañas. Ya estoy casi cien por ciento enamorada de Samuel Adams Washburn. El uno por ciento que me queda de duda se debe a lo que pasó el Día de San Valentín. Más bien, lo que no pasó. No recibí ninguna tarjeta de Sammy, pero tampoco las otras niñas recibieron tarjetas de algún niño, que yo sepa.

Antes de que tío Toni se vaya, nos abraza a Lucinda y a mí al mismo tiempo.

—Quiero que mis dos mariposas velen la una por la otra —dice en voz baja, dándonos un apretón en los hombros.

—Así lo haremos —promete Lucinda, dándole un beso a mi tío. Luego ella se inclina hacia adelante, me levanta la pollina y ¡me da un beso!

El día libre de Lorena, vienen dos hombres del consulado a inspeccionar toda la casa para ver si hay micrófonos escondidos. A los del SIM les gusta esconder pequeños dispositivos en las casas para poder escuchar lo que dices sin que te des cuenta. Podrían haber colocado algunos cuando hicieron la redada . . . o alguien podría haberlos colocado después.

—¿Quién? —le pregunto a Lucinda. ¡Ella deletrea en inglés el nombre de Lorena!

Esa tarde, escucho mientras mami habla con su grupo de canasta en el patio.

—La casa está limpia, ¡gracias a Dios!

—¿Qué pasó con la muchacha del servicio? —alguien pregunta.

Mami la contrató recién egresada sin constatar sus referencias porque necesitábamos con urgencia a otra sirvienta que ayudara a Chucha.

—Me mostró su diploma de la Academia de Domésticas.

—¿Es que no lo sabes? —susurra la señora Mancini, mirando por encima del hombro. Me retiro de la entrada justo a tiempo—. Ese lugar no es más que una pantalla del SIM. ¡Entrenan a esas pobres muchachas para que sean espías en las casas!

De pronto, escucho unas pisadas detrás de mí. ¡Pero sólo se trata de Chucha! Se inclina hacia adelante y me susurra uno de sus dichos favoritos:

—Camarón que se duerme, se lo lleva la corriente.

Supongo que si voy a estar espiando, más vale que me cuide de otros espías, ¡como Chucha!

* * *

La noche de la fiesta, escuchamos a los carros subir y bajar por la entrada. Se escuchan voces del jardín vecino, interrumpidas de vez en cuando por los estallidos de los cohetes en distintas partes de la ciudad en honor del Día de la Independencia. Comienzan a llegar los primeros invitados.

Lucinda ha llevado su vestido a casa de los Washburn para que ella y Susie se arreglen juntas. Mami se ha demorado en la cocina, donde ella y Chucha y Lorena fríen tandas adicionales de pastelitos para la fiesta de los Washburn.

—¿A qué horas nos vamos a ir? —sigo preguntando. Sé que estoy molestando, pero me muero de ganas de ponerme toda elegante y de que Sam me vea.

—Con paciencia y calma, se sube un burro a una palma —me recuerda Chucha.

—Hazte cargo de esto, por favor —mami le pide a Lorena cuando sale la primera tanda.

—Deja que yo lo haga —ofrezco.

Pero mami niega bruscamente con la cabeza.

—Ya basta, Anita.

Tan pronto como Lorena desaparece por el atajo a través del cerco de cayenas, mami vocea:

—¡No hay moros en la costa! Papi y Mundín salen sin ser vistos y acompañan a unos hombres que se han cruzado de la fiesta para hablar con tío Toni. Esta noche estoy demasiado emocionada pensando en mi primera fiesta para adultos, como para preguntarle a mami qué está pasando.

Finalmente, las frituras están listas. Mami y yo nos vestimos deprisa: ella trae puesto su traje negro y largo con la abertura a un lado para poder caminar. Cuando Chucha lo vio por primera vez, le dijo a mami que lo regresara a la costurera para que le cosiera ese roto.

Me pongo el vestido azul pálido de organdí de Lucinda, que ya no le sirve pero que no me quiere dar. Mami me pinta un poco los labios, pero me niego a que me ponga fijador porque Sam dice que el pelo con *spray* parece como el casco de un astronauta. En cuanto a los viejos tacones de charol de Lucinda que me puse en Navidad, ya no me sirven. Pero me encontré unos zapatos de tacón bajo de satín azul que eran de Carla que le quedan perfecto al vestido y que francamente son mucho más cómodos para caminar.

Cruzamos; Lorena y Chucha traen bandejas con pastelitos, mami trae otra con almendras azucaradas para poner dentro de las canastillas de cisne que preparó el grupo de canasta como *souvenirs* para la fiesta. Vamos hacia la entrada, más allá del cerco de cayenas, mami va caminando cuidadosamente en sus tacones de aguja y su vestido ajustado que hace que le cueste mucho trabajo andar por el atajo de tierra.

Justo adelante, una fila de Volkswagens negros sube lentamente por el camino principal. Mami se detiene en seco.

—Ay, Dios, olvidé mi estola —dice en una voz tensa que trata de disimular—. Chucha, tú y Lorena váyanse adelante. Toma esta bandeja. Ahora las alcanzamos.

—Yo le traigo su estola, doña —le ofrece Lorena—. Yo sé dónde está.

Mami y Chucha intercambian miradas.

—¡No vas a dejar que cargue todas estas bandejas yo sola! —la anciana le dice bruscamente a la joven—. Anda, no te entretengas, que se enfrían los pastelitos.

Al momento en que se han alejado unos pasos, mami me agarra del brazo y me jala detrás del cerco de cayenas.

—Óyeme bien, Anita —susurra con ferocidad—, quiero que corras de vuelta a la casita de tío Toni y les digas a papi y a los demás que los amigos del señor Smith están aquí. ¿Me oyes? Los amigos del *señor Smith*. ¡Date prisa! —dice, casi empujándome hacia allá.

He querido escuchar una voz como la que escuchó Juana de Arco y ¡aquí está! Corro por la vereda hasta la casita de tío Toni. «Los amigos del señor Smith están aquí», «Los amigos del señor Smith están aquí», digo una y otra vez entre dientes, como si fuera posible que lo olvidara.

Los hombres se ponen de pie bruscamente al escuchar mis pisadas, tío Toni se saca algo del cinturón, papi pone a Mundín detrás de él. Pero en cuanto me ve, papi grita:

—Es mi hijita.

—Papi —digo sin aliento, antes de que me pueda regañar por el susto que les he dado—, dice mami que les diga que *los amigos del señor Smith están aquí*—No sé exactamente lo que estoy diciendo, aunque, por supuesto, recuerdo lo que Susie y Lucinda dijeron sobre un tal señor Smith, a quien le gustan las muchachas bonitas.

El efecto que producen mis palabras es instantáneo. Es como si uno de esos cohetes que han estado estallando todo el día hubiera caído de pronto en el centro del grupo. En cuestión de segundos, los hombres salen disparados, algunos con tío Toni a la parte oscura detrás del terreno, otros corren detrás de papi y Mundín hacia nuestra casa.

Cuando llegamos a nuestro patio, papi me suelta del brazo. Levanta la mano, haciendo una seña para que todos aminoren el paso. Habla con la voz más tensa que le haya escuchado nunca:

—Con calma, como si nada.

Calmadamente, como si nada estuviera pasando, nos dirigimos por el camino hacia el patio iluminado de los Washburn, donde la fiesta se encuentra en plena actividad. Los apuestos embajadores con sus elegantes esposas del brazo cogen picaderas de las bandejas de plata. Han reclutado a Oscar y a Sam, que visten corbatas de lacito, para tomar los pedidos de las bebidas. Por aquí y por allá, los militares en fastuoso uniforme de gala miran los destellos lejanos de los fuegos artificiales en el cielo. Lucinda y Susie y sus amigas se sientan en los sillones del jardín, sus faldas de cretona esparcidas a su alrededor como los pétalos de una flor. Los jóvenes las rodean, como atraídos por el perfume de esas flores, más y más de cerca.

Desde su puesto junto a la mesa del bufete, mi mamá y la señora Mancini escudriñan nerviosamente a la multitud. Cuando nos ven regresar del jardín adquieren una expresión de alivio. Mami voltea ligeramente la cabeza, haciéndole una seña a papi. Los hombres de lentes oscuros, parecidos a los calieses que hicieron la redada en nuestro complejo hace unos meses, merodean por las orillas oscuras del patio.

¿Qué hace aquí el SIM? ¿Acaso los han mandado a llamar para proteger a los invitados militares de alto rango y a los embajadores? Estoy a punto de preguntarle a Oscar si él sabe algo, cuando se escucha un grito:

—¡Atención!

Se hace un silencio en la fiesta. La multitud se abre como si descendiera un dios entre nosotros. Un anciano, el pecho relumbrante de medallas, la cara blanqueada por maquillaje, da un paso en el patio.

—¡Que viva el Jefe! —grita una voz femenina.

—Que viva el Jefe —un coro de voces le hace eco. *Bum, bum, bum*, explotan los fuegos artificiales, iluminando el cielo. Por un instante, la noche se vuelve día mientras el señor Smith levanta una pequeña mano llena de manchas y nos saluda sin ganas.

seis

Operación Sirvienta

Mami y papi están todavía pasmados cuando regresamos a nuestra casa después de la fiesta.

—¡No puedo creerlo! —dice mami.

—Nadie se lo esperaba —concuerda papi—. A Washburn lo llamaron a última hora. El Jefe quería pasar y felicitar a la señorita. ¡Imagínate! ¿Cómo negarse? Washburn dice que antes de que pudiera pensar en venir y decirnos que termináramos la reunión, los del SIM ya estaban a la puerta. Si no hubiera sido por nuestra pequeña mensajera aquí . . . —papi me extiende una mano y yo la tomo.

Me siento tan valiente y orgullosa, aun si la fiesta ha sido una decepción. Nunca tuve oportunidad de bailar con Sam. Mami hizo que me le pegara como si alguien fuera a abalanzarse sobre de mí.

—¡Nos hemos vuelto descuidados! —mami sigue mientras subimos por la entrada hasta nuestra casa—. Tío Toni y su flujo constante de visitantes tienen que irse a otra parte. Están poniendo en peligro las vidas de nuestros hijos.

—¿Adónde pueden ir? —papi le refuta—. Este quizá sea el lugar más seguro para Toni ahora. Para todos nosotros.

Justo entonces, escuchamos el repicar de Lorena que nos sigue con los brazos cargados de bandejas vacías. Mami siempre dice que lo único que Lorena nunca aprendió en la Academia de Domésticas, es cómo *no* hacer bulla.

—Tenemos que ingeniárnosla para despedirla —le susurra mami a papi. No será fácil. No podemos poner a Lorena en contra nuestra. De puro rencor, podría informar una serie de cosas raras al SIM. De hecho, mami la ha estado sobornando con ropa vieja y propinas y días libres adicionales para que esté contenta con nuestra familia. Sólo hay una manera de deshacerse de ella y es lograr que Chucha nos ayude a asustar a la joven. Todo el mundo sabe que Lorena es muy supersticiosa y miedosa. No se lava el pelo ni se corta las uñas los viernes. No soporta ver la sangre. Nunca duerme boca arriba porque cree que el diablo se va a llevar su alma. Le aterran los muertos y tiene toda clase de amuletos prendidos con alfileres al sostén para ahuyentar a los espíritus. Sobra decirlo, le tiene miedo a Chucha, que se viste de morado como una bruja y duerme en un ataúd.

Parada en la puerta de su habitación, Chucha nos mira avanzar. Debe haberse cruzado antes y prendido las luces para guiar nuestro camino. Al verla allí, iluminada con su bata de dormir larga, siento que nada malo podrá pasarnos mientras Chucha esté aquí. Recientemente, me contó un sueño que tuvo, en que primero a Lucinda, luego a Mundín, y luego a mami y a mí nos brotaban alas y volábamos al cielo.

—¿Y papi? —pregunté preocupada.

—No todo el mundo puede ser mariposa —respondió Chucha.

A la mañana siguiente de la fiesta de Susie, una limusina negra con placas del palacio aparece en nuestra entrada y hace entrega de un ramo de rosas amarrado con cintas rojas, blancas y azules, los colores de nuestra bandera. La tarjetita dice:

Para la linda Lucinda,
flor de la patria,
de un admirador.

Mami tira la tarjeta al piso como si estuviera contaminada.

—Te dije que no te quitaras esa estola de los hombros —regaña a Lucinda. La pobre mami está tan desesperada que tiene que echarle la culpa a alguien.

Lucinda se echa a llorar al instante en que se da cuenta de que las rosas son del Jefe. Trae el cuello con más ronchas que nunca.

—No me va a llevar, ¿verdad, mami? Ay, por favor, mami, no dejes que me lleve —Lucinda se ve tan asustada como la «niña» que a veces se mete con ella en su cama.

Mami le da un abrazo tan fuerte a Lucinda que se le cae el cintillo. Por lo general, Lucinda no deja que mami le dé esos abrazos tan fuertes. Ahora ella se desploma en brazos de mami.

—Si ese hombre se le acerca a mi *baby*, le corto . . . —mami me mira— . . . le corto las manos —jura.

—Te cuidaremos —concuerdo. Mi voz suena tan débil y boba aún ante mis propios oídos. Lucinda se echa a llorar de nuevo. Yo también tengo ganas de llorar.

A media mañana, Susie y la señora Washburn pasan a vernos. Vieron la limusina del palacio llegar hasta nuestra entrada y se preguntaron qué sucedería.

—Válgame Dios —dice la señora Washburn, metiendo la tarjeta en el sobre—. ¡Ese viejo verde!

—No te preocupes, Lucy —Susie tranquiliza a su amiga—. *Daddy* no va a permitir que te pase algo.

Apruebo con la cabeza, esperando que lo que Susie dice sea cierto.

—Le dije que se pusiera esa estola —mami comienza a regañarla de nuevo.

—Carmen, querida, no creo que esa estola hubiera importado en lo más mínimo. No puedes tapar el sol con un dedo. Y ese chivo viejo tiene ojos en el . . . —se fija en mí. ¿Por qué será que siempre me miran cuando están a punto de decir algo interesante?— . . . en el trasero.

—¡Mamá, por favor! —dice Susie, poniéndole los ojos en blanco a Lucinda. Pero mi pobre hermana está demasiado asustada como para compartir la indignación de Susie.

—¿Dónde está Sam? —pregunto. De pronto se me ocurre que Sam no ha acompañado a su hermana y a su mamá como de costumbre.

—Es probable que los señoritos Sam y Oscar estén durmiendo una resaca formidable. Sí, señora —agrega la señora Washburn, asintiendo hacia mi madre—. Esos dos muchachos bebieron demasiado ron anoche. Uno de esos generales de medallas de hojalata los intimidó para que aprendieran a beber como hombrecitos. El señor Washburn está esperando a que Samuel Adams se recupere de la resaca, para darle su merecido hoy mismo.

Me pregunto cuál será el merecido de Sam el día de hoy. ¿Será que los americanos castigan a sus hijos haciendo que se sienten en la silla de los castigos, como lo hacían antes mis padres? Ya todos hemos dejado atrás esa silla. En realidad, parece que hemos dejado atrás todos los castigos durante los últimos meses. Lo único que necesitamos para portarnos bien, es una de esas miradas de desesperación de mami o un «¡No!» de papi dicho con esa expresión inmutable que no da cabida a más argumentos o discusiones.

Cuando suena el teléfono, todos pegamos un salto. Una, dos,

tres veces, sigue sonando hasta que contesta Lorena. Después de un minuto, llega a la puerta del cuarto de Lucinda.

—Es para la señorita —dice en voz alta a través de la puerta.

—¿Quién es? —grita mami.

—Un señor —responde Lorena. Como titulada de la Academia de Domésticas, Lorena sabe que hay que preguntar quién llama. A menos, por supuesto, que esa persona no necesite presentación.

Lucinda se vuelve a hundir en su almohada y comienza a sollozar de nuevo.

Mami se levanta para contestar la llamada, pero la señora Washburn sale al rescate:

—Deja que me encargue de esto—Abre la puerta y sigue a Lorena por el pasillo. —Lo siento —la escuchamos decir en su mal español—. Aquí no *haber* nadie con ese nombre.

Cuando papi regresa del trabajo al mediodía, mami le cuenta lo que ha estado ocurriendo toda la mañana. Papi está tan disgustado que no prueba bocado aunque es su plato favorito, un sancocho, con los pastelitos que sobraron de la fiesta. Él y tío Toni van a la parte trasera del terreno, y, un poco más tarde, papi va a hablar con el señor Washburn.

Mientras tanto, el teléfono sigue sonando. Mami nos ha dado instrucciones de no contestar. En cuanto a Lorena, no hay peligro de que interfiera. Mami le ha dado el resto del día libre.

—Te he estado haciendo trabajar de más y eso no es justo —dice mami, metiendo una propina en el bolsillo de la joven y prácticamente echándola por la puerta.

Papi regresa de casa de los Washburn con la noticia de un plan concebido por el cónsul. Lo llaman Operación Sirvienta. Unos amigos de Washington que serán comisionados a Colombia están buscando a alguien que les enseñe español a sus hijos. ¿Por qué no mandar a Lucinda?

Mami no está de acuerdo:

—Mi hija no va a ser sirvienta de nadie. . .

La respuesta de papi no da lugar a discusiones:

—¿Preferirías que fuera la querida del señor Smith?

Mami no dice ni una palabra más. Está decidido. El señor Washburn pedirá una visa especial del ministerio de relaciones exteriores para mandar a Lucinda a los Estados Unidos a ayudar a su amigo.

Pero tío Toni no está tan seguro de que el plan tenga éxito. El ministerio nunca defraudaría al señor Smith para complacer a un simple cónsul.

—¡Yo digo que es hora de acabar con Smith! —insiste mi tío. Camina de un extremo al otro del patio, encendiendo cigarrillos que olvida terminar, lanzando las colillas en las matas de jengibre cercanas.

—El rey debe morir —concuerda papi.

Me quedo boquiabierta. ¡Están hablando de asesinar al Jefe! Tengo miedo de sólo pensar en lo que acabo de oír por casualidad. ¿Qué pasaría si los del SIM pudieran adivinarle el pensamiento a la gente?

—No nos precipitemos —advierte mami—. El Jefe será lo que tú quieras, pero tonto no es. No se va a negar con el cónsul. Recuerda, en realidad quiere ganarse de nuevo a los americanos para que suspendan el embargo.

—Ya lo veremos —dice papi, como si le costara trabajo creer lo que mami le está diciendo.

Durante el resto del día, no puedo concentrarme en nada. ¡No puedo creer que mi propio padre haría algo que siempre me ha enseñado que está mal! ¿Quizá decir que el rey debe morir sea como las metáforas de las que siempre habla la señora Brown? Sólo un decir, no algo que sea realmente cierto.

Acorralo a Mundín en el pasillo y le pido que por favor me diga qué está ocurriendo.

—¿Es cierto que papi y tío Toni van a matar al Jefe . . . ?

Mundín me tapa la boca con la mano y mira alrededor lleno de preocupación.

—¡Jamás le digas eso a nadie! —su voz suena tan desesperada que me pongo a llorar. Debe pesarle el haberme asustado porque agrega —: Todo va a salir bien.

Trato de concentrarme en esas palabras y en lo que Chucha soñó: a Lucinda, a Mundín, a mami y a mí nos salen alas. ¿Quizá no vio a papi porque él se adelantó, preparando el camino para nosotros en un país que ya conoce?

La habitación de Lucinda está desordenada. Montones de blusas y faldas que hacen juego están regadas por su cama. Aun en medio de una situación de urgencia, mi hermana mayor se preocupa de qué ponerse. Por fin, gracias a la ayuda de la señora Washburn, mami arregla una maleta pequeña y prudente con lo necesario.

Me quedo de pie, tan pasmada como me quedé ese día de noviembre cuando se fueron mis primas. Aunque sólo han transcurrido menos de cuatro meses, parece que fue hace mucho. Es como si yo hubiera pasado de tener once años en ese entonces a ser mucho mayor ahora, por lo menos tanto como mis abuelos, que tienen sesenta y pico. Me da demasiada tristeza el sólo pensar que Lucinda se va a los Estados Unidos de América, a pesar de que a veces es muy dura conmigo. Ya ni siquiera me consuela pensar en enamorarme de Sam. De la noche a la mañana todos los hombres (excepto papi y tío Toni y Mundín) me dan un asco horrible. Por allí anda un viejo verde coqueteando con mi hermana. Por allá andan Oscar y Sam emborrachándose y vomitando. Si tan sólo pudiera ser Juana de Arco, me cortaría el pelo y me vestiría de hombre, por si las dudas. O, mejor aún, ¡si tan sólo pudiera dar marcha atrás y tener once años, en lugar de ir hacia los trece!

Como puede que esta sea nuestra última noche juntas, Lucinda me invita a dormir en su habitación. Le ayudo a ponerse los rolos en el cabello y aun cuando no se los pongo bien apretados, no dice nada. También me unta un poco de crema para las espinillas en la cara, aunque en realidad no la necesito. Ella tampoco.

Por fin, Lucinda apaga la luz y parece quedarse dormida al instante. Yo lo intento, de verdad que sí. Pero al estar acostada en la oscuridad, empiezo a tener visiones del Jefe tendido en un charco de sangre repugnante, y papi y tío Toni de pie junto al cadáver, y se me revuelve el estomago. Después escucho un sollozo. Al principio creo que soy yo, pero resulta que es Lucinda quien llora.

Extiendo la mano y le toco el hombro. Se siente raro consolar a mi hermana mayor. ¡Y eso que ella le había prometido a tío Toni que iba a cuidarme!

—Sólo quiero que sepas —solloza Lucinda—, que yo . . . yo . . . me arrepiento de cualquier maldad que te haya hecho.

Con eso basta. A mí también se me sale un sollozo muy fuerte. Lucinda se da la vuelta y nos abrazamos hasta que no nos quedan más lágrimas.

—Nos vamos a ver horribles mañana —dice, riendo y llorando a la vez. A mí qué me importa. Nadie me va a ver. Lucinda es la que estará conociendo a gente en los Estados Unidos y querrá darles una buena impresión.

Hablamos en la oscuridad, Lucinda me cuenta de los muchachos que le gustan y cuántas veces la han besado. Cuando le dieron su primer beso traía puesto el vestido azul de organdí y es por eso que nunca me lo ha querido dar, aunque ya no le sirve. Me da gusto saber que era por razones sentimentales, no por ser egoísta. Me entristece mucho que se vaya mi hermana justo cuando nos estábamos haciendo más amigas. Finalmente, las dos nos quedamos dormidas.

La mañana siguiente, cuando me despierto, tengo las piernas y la bata de dormir húmedas. ¡Ay, no! ¡Mojé la cama! Y eso que Lucinda me estaba tratando como si fuera de su edad. Al levantar la sábana, me quedo sin aliento. ¡Hay manchas de sangre en mi bata y en la cama!

Lo primero que se me ocurre es que me apuñalaron. Pero, ¿cómo puede ser posible si no me duele nada? ¿Quizá algo horrible le pasó a Lucinda? ¿Quizá los del SIM entraron a escondidas en la casa a media noche y la apuñalaron como castigo por no haber contestado la llamada del señor Smith?

—Lucinda —la sacudo para despertarla—. Hay sangre. . .

—Vuélvete a dormir —dice entre dientes. Pero entonces se da cuenta de lo que le estoy diciendo y pronto está bien despierta y sentada—. ¿Dónde?

Levanto la sábana y ella mira con expresión de duda. Después, una mirada de complicidad se extiende por sus labios.

—Felicidades —dice, inclinándose y dándome un beso—. Mi hermana menor ya es una señorita.

No me siento como una señorita. Me siento más como un bebé con el pañal mojado. Y no quiero ser una señorita ahora que sé lo que el Jefe les hace a las señoritas.

—Vamos a limpiarte —dice Lucinda. Sale de la cama y busca algo en una gaveta. Encuentra un cinturón adicional y me enseña cómo sujetarlo a una toalla sanitaria.

—Por favor, no se lo digas a mami —le suplico. Mami le dirá a papi y, justo ahora, lo que menos quiero es que un hombre se entere de que ya me llegó el período.

—¿Qué vamos a hacer con las sábanas? —pregunta Lucinda, haciendo un gesto hacia su cama.

Conozco a alguien que guardará mi secreto. Tan pronto como me visto, camino con cautela por el pasillo, con un lío blanco bajo el brazo, tratando con todas mis fuerzas de ignorar la toalla sanitaria que traigo puesta. ¿Cómo hacen las niñas para acostumbrarse a caminar con ese paquete entre las piernas?

Cuando paso por el estudio de papi, escucho voces: papi y mami están hablando de algo con el señor Washburn. El cónsul debe haber venido a primera hora esta mañana con algunas noticias. No hay nadie en la cocina, ni en la despensa. Lorena no ha regresado de su noche libre. En la parte de atrás, en el camino entre la casa y los cuartos de servicio, Chucha está sacando su propia ropa de cama a asolear en el tendedero. Echa una ojeada al lío bajo mi brazo y adivina exactamente lo que ha pasado.

—Ya era hora —advierte. Luego, al extender las sábanas y ver las manchas de sangre, agrega—: Esto será suficiente.

—¿Suficiente para qué? —pregunto. Sé que Chucha hizo que mami guardara nuestros cordones umbilicales para poder enterrarlos en el patio trasero. ¿Es posible que Chucha también haga algo con el primer sangrado de la menstruación de una señorita?

—Mi secreto, tu silencio —contesta como siempre.

Prometo no divulgar sus secretos, pero por primera vez, le pido que me devuelva el favor.

—Por favor, no le digas a mami, Chucha, por favor.

Me mira detenidamente por un momento, luego asiente como si comprendiera mi deseo a que respeten mi intimidad.

—Todo va a salir bien —promete, haciendo eco a las palabras de Mundín la noche anterior—. El señor Washburn ya está aquí con buenas noticias. Tu hermana sale hoy. Su amiga Susie también se va.

Siento un alivio al escuchar que mi hermana estará a salvo, aun cuando eso signifique que Lucinda tenga que irse. Es como una de esas operaciones donde te salvan la vida, no sin antes llevarse un buen pedazo tuyo.

—Tú también volarás un día cercano —me recuerda Chucha—. Pero por ahora, tenemos que sacar a alguien más de la casa— Echa un vistazo por encima del hombro a la puerta que da a la habitación de Lorena— Acompáñame.

Me lleva a su habitación, adornada con telas moradas en las ventanas, un olor dulce a hierbas en el ambiente. Nos detenemos frente al retrato de un santo con una velita que parpadea enfrente. No se trata de Santa Lucía porque no lleva una bandejita en las manos con unos ojos rodando por esta. Y no es Santa Bárbara porque no lleva una corona en la cabeza ni tiene una torre por detrás. Este santo tiene cabello largo y lleva una túnica roja y sandalias y empuña una espada gigante sobre un dragón repugnante con carita de humano.

—San Miguel —entona Chucha—, defiende esta casa de todo enemigo. Arroja de aquí todo el mal. Abriga y protege a todos los que aquí viven. Amén.

Rezo con ella y después —como a Chucha le gusta decir—, el trabajo de Dios que siempre tiene que ser hecho por el hombre, comienza. Entre las dos, empujamos y arrastramos y jalamos ese ataúd por la puerta angosta, lo paramos, volteamos y lo ponemos en el cuarto vecino. Lo colocamos frente a la cama bien tendida, con la tapa abierta, las sábanas ensangrentadas de Lucinda desbordándose por los lados. Parece como si un muerto acabara de salir de allí a rastras, dejando atrás su ondulante sábana ensangrentada.

Admito que me siento mal de participar en esta conspiración, pero también comprendo que nuestras vidas corren peligro. Un chisme de Lorena podría acabar con nosotros. Es injusto tener que vivir en un país en donde tienes que hacer cosas que te hacen sentir mal para poder salvar tu vida. Es como papi y tío Toni tramando el asesinato del señor Smith cuando saben que uno no debe matar. ¡Pero qué pasa si tu líder es malvado y viola a las jovencitas y mata a montones de gente inocente y convierte a tu país un lugar donde ni siquiera las mariposas están a salvo? Se me revuelve de nuevo el estómago de sólo pensar en todo esto.

Después de que terminamos, Chucha se encierra en su habitación y comienza a rezarle de nuevo a San Miguel. De vuelta en casa, me topo con el señor Washburn que acaba de salir del estudio de papi y viene por el pasillo. Volteo la cara, tratando de no verlo a los ojos. Es el primer hombre con quien me encuentro desde que me llegó el período. Estoy segura de que puede ver a través de mis pantalones el cinturón y la toalla sanitaria que traigo puesta.

—Tengo buenas noticias, Anita —dice el señor Washburn—. Llegó la visa de tu hermana.

Miro esos ojos azules bondadosos, idénticos a los de Sam y se me empieza a quitar el asco. El señor Washburn está arriesgando su propia vida para ayudar a mi familia, así como a mi país que sufre. He aquí otro hombre (junto con papi y Mundín y tío Toni), a quien agregar a la lista de hombres buenos en quienes podría volver a confiar.

De vuelta en la habitación de Lucinda, mami explica que a Lucinda sólo le dieron visa de turista, así que no tendrá que ser una sirvienta. El nuevo plan es que va a acompañar a Susie a visitar a sus abuelos en Washington. Una vez que esté a salvo fuera del país, el señor Washburn se las ingeniará para que se quede allá.

—Por cierto —pregunta mami, echándole un vistazo a la cama—, ¿qué le pasó a tu cama?

—Chucha la deshizo esta mañana —dice Lucinda, mirándome—. Dice que ya sabía que hoy me iba.

—Esa Chucha es un cuento —mami sonríe, meneando la cabeza.

Justo entonces, se oye un grito que proviene de la parte trasera de la casa. Lucinda y mami se miran, preocupadas. ¿Qué podría ser?

No tenemos que esperar mucho para enterarnos. Unos minutos después, Chucha está a la puerta con la noticia de que Lorena está recogiendo sus cosas y también se va de la casa.

siete

Policías acostados

Papi pita su pito especial de «vámonos» desde el pasillo. Nos va a llevar a mí y a Mundín y a Sam a la escuela. Me entretengo un rato en la habitación de Lucinda, mirándola hacer y rehacer su pequeña maleta como si le fueran a dar un examen de su contenido cuando aterrice en los Estados Unidos.

Mami viene por mí:

—Papi te está esperando.

—Quiero quedarme hasta que se vaya Lucinda —En realidad, ¡no quiero ir a la escuela! Tengo los ojos rojos de tanto llorar y me duele la barriga.

Pero mami insiste:

—Anita, tenemos que guardar una apariencia de normalidad. Ni siquiera yo voy a ir al aeropuerto con los Washburn —me recuerda—. Vamos, se te hace tarde.

Volteo a ver a Lucinda y nos desplomamos en un abrazo, sollozando. Por fin se zafa, tratando de hacerse la valiente.

—No lo olvides —dice.

Asiento, aunque sinceramente no puedo recordar qué es lo que se supone que no debo olvidar.

Hoy amanecí con el pie izquierdo. Justo más allá de nuestra casa, la policía detiene un carro y los pasajeros salen con las manos en alto. A papi se le tensa la cara. Me meto el crucifijo que traigo alrededor del cuello a la boca, algo que he empezado a hacer cuando necesito un poco más de buena suerte.

Papi baja la velocidad con frecuencia por los topes que han estado apareciendo por toda la ciudad. Todo el mundo los llama los «policías acostados», lo que me hace pensar en policías muertos enterrados bajo la calle. Supongo que con todas las cosas locas que están pasando, mi imaginación está suelta.

Mi temor más grande es que algo que he hecho o dicho haga que nos maten. ¿Qué tal si Lorena les dice a los del SIM que yo tenía un diario escondido bajo la almohada, el cual borraba todas las noches? Digo, eso tiene que parecerles sospechoso. *Por favor, por favor, por favor*, le rezo al pequeño crucifijo en mi boca.

Nos detenemos en la escuela secundaria para dejar a Mundín. Debe saber lo mal que me siento porque se voltea en el asiento delantero y me despeina como lo hacía antes cuando era chiquita.

—¿Tal vez después podemos ir a dar una vuelta? —ofrece. Mundín tiene permiso de sacar el carro deportivo de tío Toni y manejar de arriba abajo por los caminos del complejo.

El que sea tan amable conmigo me da ganas de llorar. No me atrevo a abrir la boca, por miedo a que se me salga un sollozo.

—Yo te acompaño, si ella no quiere —exclama Sam. Todo el camino a la escuela ha estado hablando de cómo se va a divertir ahora que su hermana mayor, que es tan mandona, se vaya. Me siento todavía más triste de ver que sus sentimientos son tan distintos a los míos. Pero entre más lo pienso, así siempre ha sido.

—Tengo unas noticias un poco tristes que darles —es lo primero que dice la señora Brown en clase. Ya estoy tan entumecida que no creo que pueda sentir más tristeza. Pero cuando ella dice que el Colegio Americano va a cerrar sus puertas provisionalmente, es la gota que derramó el vaso, como dice Chucha. Aunque me quejo de la escuela, en realidad no quiero que desaparezca la última cosa normal de mi vida. Recuesto la cabeza en el pupitre.

—¿Te sientes mal, Anita? —la señora Brown está a mi lado—. Vas a tener que contestarme, querida, para que yo sepa qué hacer—su voz es dulce y paciente. Se agacha junto a mi asiento.

Parece que ni siquiera tengo las fuerzas para levantar la cabeza y decir «estoy bien».

—Creo que será mejor que te vea la enfermera —dice, tomándome de la mano.

No me resisto. Me levanto y la acompaño. Mientras cruzamos por el frente del aula, Charlie Price le hace un movimiento circular en el aire a Sammy, que sonríe como si estuviera de acuerdo.

Tengo ganas de gritar, *¡NO ESTOY LOCA!* Pero en vez de eso, me trago ese grito y de pronto todo está muy silencioso dentro de mí.

La enfermera llama a mami, que se aparece en la escuela en el carro deportivo de tío Toni, ya que papi tiene el otro carro. Se ve glamorosa, con un pañuelo atado a la cabeza y lentes oscuros como una artista de cine. Cuando se los quita, veo que ella también tiene los ojos rojos. Debe haber estado llorando después de que Lucinda se fue al aeropuerto.

—¿Qué te pasa, amorcito? —me pregunta.

Quiero decirle la verdad a mami, de como me llegó el período, como ya extraño a Lucinda, como me siento tan mal de que mi padre tenga que matar a alguien para que nosotros podamos ser libres, como me asusta pensar en lo que va a ser de nosotros, pero parece que se me han vaciado todas las palabras de la cabeza. Por fin, recuerdo una:

—Nada —le digo.

—¿Nada? ¿Estás segura? —mami me mira detenidamente a la cara—. Se ve pálida —le dice a la enfermera—. Será mejor que me la lleve a casa.

Al instante en que nos metemos al carro, mami se dirige a mí. Se ve aterrada.

—¿No les contaste nada de Lucinda, verdad?

Niego con la cabeza. ¿Acaso no se da cuenta de que no le digo nada a nadie?

Paso el resto del día en cama. Chucha me hace un té de hierbabuena que me quita las palpitaciones del pecho y los cólicos del estómago. Más tarde, Mundín pasa a verme. También van a cerrar la escuela secundaria, me avisa. Si me siento mejor, tal vez mañana podamos manejar por el complejo. Sigue mordiéndose las uñas mientras habla. Lo comprendo. Excepto que en lugar de morderme las uñas o de que me salgan ronchas como a Lucinda, en mi caso parece ser que estoy olvidando las palabras.

Comienzo a decir algo y, de pronto, me quedo en blanco y no se me ocurre la palabra. Ni siquiera tiene que ser una palabra importante o difícil, como «amnistía» o «comunismo», sino algo fácil, como «sal» o «mantequilla» o «cielo» o «estrella». Eso hace que mi pérdida de la memoria me de más miedo.

¿Quizá Charlie tenga razón y me estoy volviendo loca?

Por favor, por favor, por favor, rezo. El crucifijo alrededor de mi cuello está en mi boca tan a menudo que las facciones de la pequeña cara de Cristo se están empezando a borrar.

Tan pronto como papi llega a casa, viene y se sienta al borde de mi cama. A diferencia de mami, no me hace miles de preguntas.

Sonríe con ternura y me acaricia el pelo. Tiene los ojos más tristes del mundo.

—Un día . . . en un futuro no muy lejano . . . —comienza papi, como si me estuviera contando un cuento de hadas para antes de dormir— . . . vas a mirar atrás a todo esto y a pensar, en verdad fui una niña fuerte y valiente.

Niego con la cabeza. *No soy tan fuerte o valiente*, quiero decir.

—Sí que lo eres. Estoy seguro —insiste, leyéndome el pensamiento. Me levanta la cara por el mentón de manera que lo estoy viendo directamente a los ojos. Siento como si me estuviera hipnotizando—. Quiero que mis hijos sean libres, pase lo que pase. Prométeme que abrirás las alas y volarás.

¡De que cosas estás hablando, papi? quiero preguntarle. ¡Me asusta oír a papi hablar como Chucha! Pero parece que no puedo sacarme las palabras de la cabeza y echarlas por el canal que las conecta a mi boca.

Mami asoma la cabeza por la puerta.

—¡Cómo se siente? —le pregunta a papi, como si yo no estuviera en el cuarto. Se acerca a la cama y me toca la frente con el dorso de la mano—. Creo que son las paperas; parece que hay una epidemia por ahí.

Papi niega con la cabeza.

—No son paperas —dice. Se voltea a verme, esperando todavía la promesa que aún no estoy dispuesta a hacerle.

Los hombres se reúnen ahora todas las noches en el patio trasero de la casa. Se han vuelto extremadamente precavidos, usan frases en clave todo el tiempo, pero se les pasó una cosita. El patio da la vuelta alrededor de la casa hasta un rincón privado donde les gusta sentarse a conversar, y ese rincón queda justo al lado de la ventana de mi habitación. Todas las noches cuando estoy acostada en la cama, puedo escucharlos hablar en voz muy baja, aun si mi voz está desapareciendo.

Tío Toni siempre está allí y papi y a veces el señor Washburn, que viene con Wimpy. El señor Mancini ha dejado de venir porque el grupo decidió que su casa puede ser un buen refugio en caso de algún problema. No sé que quiere decir eso, excepto que probablemente sea la razón por la que, ahora que el Colegio Americano ha cerrado oficialmente, Sam y Mundín y yo vamos a casa de los Mancini para tomar nuestras clases. Mami y la señora Washburn y la señora Mancini —de hecho, todo el grupo de canasta— no quieren que sus hijos crezcan como unos brutos sólo por culpa de una dictadura. En general, creo que somos cerca de doce niños de distintos cursos que ahora estamos todos revueltos, aprendiendo sumas y álgebra, «Cielito Lindo» así como «*Twinkle, Twinkle, Little Star*».

Mundín y yo siempre vamos con Sam en el carro del consulado, ya que es menos probable que lo paren en los puestos de vigilancia que están más allá de los policías acostados. Ahora hay muchos puntos de inspecciones de vehículos y toques de queda. Un día, de camino a la escuela, casi toda la gente por la calle y en sus carros viste de negro. Cuando Sam le pregunta a Mundín acerca de ello, mi hermano le dice que es una expresión de protesta que la gente realiza en silencio. A veces, me imagino que mi creciente silencio es también eso: la expresión de una protesta silenciosa.

Además están deteniendo a más y más gente. Escucho a los hombres hablar una noche de una farmacia donde el dueño, un simpatizante, te vende una píldora que te puedes tomar si los del SIM te capturan. Te mata al instante; de esa manera no te pueden torturar y no puedes revelar los nombres de los otros disidentes. Cada vez que ayudo a Chucha a lavar la ropa, registro todos los bolsillos de papi y de tío Toni, en caso de que hayan olvidado allí sus píldoras. Tengo pensado echarlas por el inodoro, todas menos una, la que guardaré para mí. En caso de que me lleven los del SIM, me pondré esa píldora en la boca y luego mi crucifijo. ¿Quizá Dios me perdone por suicidarme para evitar que me asesinen?

¡Y eso que yo quería ser tan fuerte y valiente como Juana de Arco!

—¡Ya esto no se puede soportar! —dice tío Toni. Durante semanas han estado esperando la entrega de lo que llaman «los ingredientes del picnic». Esta noche no es distinta de ninguna otra, excepto que sus voces comienzan a sonar más desesperadas.

—Los americanos están jugando con nosotros, es lo que no te das cuenta —continua tío Toni. Sé que está hablando con papi, quien dice que después de la manera en que Washburn nos ayudó con Lucinda, pondría su vida en manos de ese caballero.

—No es Washburn, es su gente de Washington que se está echando para atrás —dice otra voz.

—El pobre Washburn —papi concuerda—. Ya va de salida.

¡Así que los Washburn ya se van para encontrarse con Susie en Washington! En cuanto a Lucinda, ella está ahora en Nueva York con mis abuelos y primos, enviándome postales que muestran edificios tan altos que hasta Chucha se queda sin habla. Lucinda firma su nombre como «Marilyn Taylor», en honor a sus dos actrices favoritas, Marilyn Monroe y Elizabeth Taylor. Según mami, Lucinda sabe que nos podemos meter en problemas por mantener correspondencia con alguien que no ha vuelto, a pesar de que ya se le venció la visa.

La puerta se entreabre y un puñal de luz atraviesa la oscuridad. Es mami, que viene a ver cómo estoy. Por lo general se espera hasta que todos los hombres se han ido, pero tal vez quiera verme antes de que me duerma.

—¿Estás despierta, amorcito? —llama desde la puerta. Por supuesto, si hubiera estado dormida, su voz me hubiera despertado. Prendo la lámpara de los tres monos a manera de bienvenida.

Mami se sienta a mi lado en la cama. Se ríe cuando su mirada se posa en esa lámpara tonta. Tres monos —uno cubriéndose los ojos con las manos, otro cubriéndose las orejas y el tercero cubriéndose la boca— están en una fila bajo una palmera con una pantalla verde que cubre el bombillo. Es una de las cosas que heredamos de las niñas García cuando se fueron del país. Carla y yo siempre nos reíamos de esa lámpara espantosa que una de nuestras tías de mal gusto les regaló una vez. Cuando Lorena rompió la lámpara que estaba en mi mesita de noche mientras limpiaba, mami sacó esta del clóset.

Mami menea la cabeza ante los monos.

—Podemos pasar la lámpara de Lucinda a tu cuarto, si quieres.

Siempre he fingido odiar la lámpara, poniendo los ojos en blanco de forma dramática. Pero en realidad, es una especie de consuelo tener a mi lado la lámpara de los tres monos, de la que Carla y yo nos reíamos juntas.

—¿No te gustaría eso? —mami me lanza esa mirada de súplica que acostumbra a darme ahora que no hablo mucho—. Ay, Anita, dime qué te pasa. Te ves tan flaca y triste, y estás demasiado callada para ser la cotorrita de mami.

Me molesta cuando mami se preocupa por mí y me empieza a llamar su cotorrita, y comienza a tratarme como si tuviera otra vez cinco años.

—Te hace mucha falta tu hermana, ¿verdad? Y ahora tengo . . . no malas noticias, sólo un cambio.

—Se van los Washburn. Mi voz sale ronca, supongo que por no usarla mucho.

—¿Cómo te enteraste? —mami tiene una expresión de desconcierto—. Ni siquiera Sammy lo sabe—Sigue estudiando mi cara buscando pistas de cómo me siento, sus ojos se llenan de lágrimas—. ¿Tal vez te hemos dicho demasiado? ¿Tal vez te hicimos crecer muy deprisa?

—Mami, no . . . —he olvidado la palabra para llorar. Me pongo el pequeño crucifijo en la boca. A veces, el hacerlo me ayuda a recordar las palabras que quiero decir.

—Lo siento —Mami está sollozando ahora. Se me acerca y me aprieta con tanta fuerza que me recuerda el abrazo que le dio a Lucinda el día en que llegaron las rosas del Jefe—. Quería que tuvieras una niñez —mami resuella y se limpia las lágrimas.

Se me ocurre reconfortarla diciéndole que mi niñez ya se terminó de todas formas. Que ya me llegó el período. Pero las voces por fuera de mi ventana se han puesto más animadas. Han llegado el señor Washburn y Wimpy.

Hay malas noticias —el señor Washburn está diciendo—. Ya no mandarán más ingredientes para el picnic.

—Les dije que nos darían la espalda —tío Toni le recuerda al grupo.

—Lo siento, muchachos —dice Washburn. Y en verdad parece estar triste—. En unos días les entregaré lo que tengo a mano en nuestro punto de entrega.

—En el lugar de costumbre —confirma Wimpy.

Mami se parece al mono que se cubre la boca con las manos.

No sé si está alterada ante las noticias que acaba de escuchar o al darse cuenta de que he estado escuchando las reuniones secretas de los hombres durante meses. Se inclina sobre mi cama y entreabre las persianas.

—Señores —los llama—, se oye todo desde este cuarto.

Se hace un silencio absoluto en la reunión, y después papi camina a la ventana y mira por encima del hombro de mami adonde estoy sentada en la cama.

—Con razón —es lo único que dice.

Los hombres vuelven a tener sus reuniones en la casita de tío Toni, aunque no es un lugar tan práctico como el patio con el radio de onda corta allí cerca en el estudio de papi, sintonizado en Radio Cisne. Oscar dice que Radio Cisne es una estación nueva que transmite boletines importantes de los exiliados que quieren liberar a la isla. El país entero la está escuchando, aunque está prohibido. He escuchado a los hombres decir que hay disidentes por todos lados —aun entre las fuerzas armadas y la policía y los secretarios de Estado —solamente esperando la señal de que el Jefe ha sido eliminado.

Una vez trato de sintonizar este radio de onda corta, con la esperanza de escuchar que somos libres. Pero no sé cuál es el botón del volumen y el radio suena muy fuerte por un minuto. Mami entra apresuradamente.

—¿Qué estás haciendo, Anita? Ven conmigo y ayúdame a sacar la mesa de juego.

Mami quiere que esté a su lado en todo momento cuando no estoy en casa de los Mancini. Como sólo queda Chucha en casa, me he estado haciendo cargo de varias tareas, incluso ayudar cuando viene el grupo de canasta, limpiando los ceniceros, volviendo a llenar los vasos de limonada.

—Oye, linda —la señora Washburn me llama a su lado una tarde. Pone sus cartas boca abajo en la mesa—. ¿Vas a extrañar a tu amigo Sam? Aunque el señor Washburn no se irá hasta fines de junio, la señora Washburn ha decidido que ella y Sam van a encontrarse con Susie en Washington muy pronto. Estamos en abril y Sam ya ha faltado demasiado este año escolar. Y los pobres abuelos han batallado mucho con las rebeldías de Susie.

La señora Washburn me abraza y me aprieta con fuerza.

—¿Por qué no has venido a visitarnos? ¿Acaso tú y Sammy se pelearon? —Le guiña un ojo a mami. Es obvio que han estado hablando de mí. —¿Tal vez vengas a Washington a visitarnos?

Sé que estoy siendo descortés, pero no se me ocurren las palabras para contestarle.

—¿Vendrás a visitarnos alguna vez? —insiste la señora Washburn.

Puedo sentir los ojos de mami arrancar las palabras de mi interior. Trato de sacarlas yo misma. Pero no me salen. Lo único que puedo hacer es negar con la cabeza.

—Señorita —me corrige mami. Sin importar lo preocupada que esté por mí, aun así, no tolera la mala educación—. Esa no es manera de decir que no a una invitación.

Pero la señora Washburn hace un gesto con la mano como ignorando el regaño de mami. Me da otro fuerte abrazo. ¿Acaso no puede ver que ya no soy una niña? ¿Que tengo senos que me duelen cuando me abraza tan fuerte?

—Gracias, señora Washburn —mi madre me da el ejemplo.

—Gracias —le hago eco con esa voz baja que me han enseñado para ser amable.

Sam viene a la casa, pero ya no es para visitarme. Ahora es para meterse bajo el bonete del carro deportivo de tío Toni con Mundín y arreglarle el motor. Tío Toni le ha prometido el carro a Mundín tan pronto como mi hermano cumpla dieciséis y saque su licencia. Lo que siempre me pregunto es, ¿qué tan bueno puede ser un carro que siempre hay que estar reparando?

El sentimiento especial que antes tenía por Sam definitivamente se ha esfumado. Ahora me parece como un muchacho normal, con el cabello demasiado blanco como si lo hubieran dejado en una cubeta de cloro toda la noche, los ojos de un azul pálido. Él y Mundín siempre hablan de carros. Chucha y yo pasamos por la marquesina y los podemos oír hablando del carburador y los frenos, de los platinos y las bujías. Repito esas palabras para mis adentros, como si al hacerlo pudiera de alguna forma entender mejor a mi hermano mayor y a mi viejo amor.

A veces, cuando Mundín y Sam están afuera trabajando en el carro, y mami y sus amigas están jugando a la canasta en el patio, parece como si las cosas volvieran a la normalidad. De pronto, se me ocurren miles de cosas que decirle a Chucha sobre algo que vi en una de las revistas *Life* de la señora Washburn o pienso en cómo hacerme un peinado que me haga parecer más grande. Pero luego algo sucede para recordarme que no estamos a salvo y las palabras se me escurren de nuevo.

El jueves por la mañana, Sam y Mundín y yo vamos camino a casa de Oscar para las clases. Su chofer tiene el día libre, así que el señor Washburn maneja. Él tiene que hacer una parada en el centro, en Wimpy's.

Últimamente, Wimpy va muy a menudo a casa de los

Washburn. He escuchado a Sam decirle a Mundín que Wimpy es en realidad un agente secreto de los Estados Unidos. Es por eso que el señor Washburn siempre lo trae a las reuniones secretas en nuestra casa.

El día de hoy hay mucho tráfico. El carro del Jefe probablemente va a pasar por la avenida principal, lo que significa que todos los carros que van hacia allá seran devueltos hasta que pase su caravana. Casi no nos movemos. A mi lado, en el asiento trasero, Sam se ve incómodo, retorciéndose de un lado a otro.

De pronto, el carro de enfrente frena y cuando nosotros también frenamos, el carro de atrás choca con nosotros y se abre el baúl.

El señor Washburn sale disparado del carro. Desde su puesto de vigilancia, dos policías que vieron el accidente se encaminan por la cuadra hacia nosotros. Sam se pone pálido de ver que se acercan los soldados, empuñando ametralladoras. Abre la puerta y se apresura adonde están Mundín y el señor Washburn detrás del carro. Yo lo sigo de cerca.

—No hay problema —le dice el señor Washburn al conductor que se estrelló con nuestro carro—. El tráfico está muy malo, no es para menos—Habla demasiado aprisa, como si fuera él quien se hubiera estrellado con otro carro, y trata desesperadamente de cerrar con una mano el baúl que se abrió de golpe. Pero la abolladura en el baúl impide que se cierre bien.

—Permítame —ofrece uno de los policías, poniéndose el arma sobre el hombro y arremangándose.

—No, no, por favor —insiste el señor Washburn, haciendo un gesto para que se aleje del baúl—. Sólo se necesita un pedazo de soga.

El conductor del carro de atrás de nosotros corre a buscar una soga que tiene guardada en su baúl. Mientras tanto, el segundo policía regresa al puesto de vigilancia a hacer su informe.

—¡Se va a ensuciar las mangas! —el señor Washburn todavía está discutiendo con el otro policía sobre si lo ayuda o no con el baúl abollado. Pero el policía insiste. Da un paso hacia adelante y alza la tapa para inspeccionar el daño.

No puedo describir lo que veo, ya que las palabras se me escurren de la memoria. En realidad, nadie dice nada. Nos quedamos parados por un largo rato, mirando dentro del baúl de ese carro. El conductor, que ha llegado con el rollo de soga, mira hacia adentro y se le agrandan los ojos.

Los ingredientes para el picnic están regados por el piso del baúl: los cañones se asoman por entre los sacos de caña de azúcar. Las armas iban en camino al punto de entrega, disimulando la misión como un viaje a la escuela para nosotros los niños.

También las tiene que haber visto el policía. Pero lo único que hace es coger la soga del conductor aterrado y enganchar un extremo por la tapa del baúl y el otro por el parachoques, y amarrarla con fuerza.

—Más vale que lo arregle —le dice en voz baja al señor Washburn cuando termina.

—¿Todo bien? —lo llama su compañero desde el puesto de vigilancia.

—Todo bien —miente el policía, despidiéndonos con la mano.

De vuelta en el carro, al señor Washburn le tiemblan tanto las manos, que le cuesta trabajo arrancar. Hay un olor a orina, como si alguien se hubiera meado en los pantalones. El corazón me retumba en el pecho. Saco mi cadena y me pongo la pequeña cruz en la boca, pero no se me ocurren las palabras para una simple oración de gracias.

ocho

Casi libres

—¡Allá viene! —grita Oscar desde el cuarto de juegos que usamos como aula. Hemos estado jugando a las escondidas con sus tres hermanas menores. Como Oscar es el que se queda, me pregunto si estará tratando de engañarnos para que salgamos de nuestros escondites. —¡Dense prisa o se lo van a perder!

Miro el reloj del pasillo y, en efecto, son las cinco y cuarto. El Jefe va a caminar desde la mansión de su madre, pasando por la casa de Oscar junto a la embajada italiana, por toda la avenida hasta el mar. Todas las noches de la semana sigue la misma rutina. Oscar dice que el Jefe es muy estricto en cuanto a su horario y hace las cosas en punto, ni un minuto antes ni después. Es muy supersticioso y cree que si no lo hace justo a tiempo, algo horrible le sucederá.

Corro por el pasillo para alcanzar a ver al Jefe, rodeado de su multitud de guardaespaldas y gente importante de su gabinete. La primera vez que vi este desfile de media tarde, me sorprendió reconocer a varios hombres del grupo que se reúne en nuestra casa todas las noches para hablar de cómo deshacerse del Jefe.

No se lo digo a Oscar. Ni siquiera digo gran cosa en la escuela últimamente. Muchas veces, cuando jugamos a las escondidas para entretener a sus hermanitas, no salgo de mi escondite cuando escucho «¡Uno, dos, tres, pisa, colá!». Pero al igual que papi, Oscar parece comprender mi silencio y me sigue hablando de todas formas.

—Hoy no trae sus joyas el Jefe —María Eugenia, la mayor de las tres hermanitas, nos acompaña en la ventana del frente.

—No son joyas, son sus medallas —Oscar la corrige.

—¿Por qué no pueden ser joyas? —protesta María Eugenia —. Son de oro.

—Hay veinte soldados —María Rosa exclama. Apenas aprendió los números, así que todo lo que ve, lo cuenta. Es la menor de las tres niñas y todas ellas se llaman María algo. La señora Mancini le tiene mucha devoción a la Virgen María, me dijo Oscar. Hasta él tiene María como parte de su nombre, Oscar M. Mancini. En la escuela, Oscar siempre se niega a decir qué significa esa inicial.

—¿Por qué tiene tantos soldados? —María Josefina, la hermana de en medio, quiere saber. Las tres niñas están ahora apiñadas en la ventana.

—Porque sí —responde Oscar con brusquedad.

—¿Porque sí qué?

Lo curioso les viene de familia.

—¡Shhh! ¡Las va a oír! —Oscar les advierte. Las tres niñas se quedan calladas. Oscar ya les ha dicho que si las encuentran acechando, pueden sacarlas a la calle y darles un balazo.

—Qué extraño. Hoy trae puesto su uniforme caqui —señala Oscar. El Jefe siempre trae su uniforme blanco, menos los miércoles, cuando se va a su casa de campo en la noche. Entonces se pone su traje caqui verde olivo. Pero hoy apenas es martes.

—Probablemente tiene una querida nueva —Oscar supone. El Jefe ve a todas sus queridas en su casa de campo, adonde su esposa nunca va. De otro modo, seguro que ella las mataría.

Me dan escalofríos al recordar cómo el Jefe se fijó en Lucinda en la fiesta de Susie, y cómo comenzó a cortejarla con rosas. De pronto, me alejo de la ventana. ¿Qué tal si el Jefe levanta la vista y manda a los del SIM a recogerme? «¡Ah, conque tú eres la niña que nunca llora!» me saludaría.

No, señor, practico mi respuesta. *Soy la niña que ya casi nunca habla.*

Después de que pasa el Jefe, me quedo un rato parada a la ventana, mirando un destello plateado en el cielo. El vuelo diario de Pan Am despega hacia los Estados Unidos. Las niñas García salieron en ese vuelo, al igual que mis abuelos, tíos y tías y sus familias; luego Lucinda y Susie; y finalmente, hace varios días, Sam y su mamá.

Oscar viene a mi lado. Han llamado a las niñas para que tomen su baño. Estamos a solas en el cuarto de juegos.

—¿Estás triste porque se fue Sam, Anita?

Es muy bonito que Oscar se preocupe por mí. Pero no sé cómo decirle que no había visto mucho a Sam. En realidad, la última vez que nos vimos a solas fue cuando Sam vino a despedirse. Sam no paró de hablar acerca de lo emocionado que estaba de regresar a los Estados Unidos. Me dió un regalo, un pequeño pisapapeles con forma de la Estatua de la Libertad, seguramente escogido por su mamá.

—Gracias —logré murmurar. Quise decir algo más. Después de todo, Sam fue mi primer amor. Hubo una vez en que mi corazón daba un vuelco cuando lo veía cruzarse a nuestra casa. Pero esos sentimientos se han apagado por completo. Sam había sonreído cuando Charlie se burió de mí. ¿Por qué no me había defendido? ¿Quizá no había tenido el valor de defenderme? Es más fácil comprender el que alguien no sea valiente, a que sea simplemente malo.

—Da miedo ser de los que se quedan, ¿no crees? —dice Oscar.

Bajo la vista y miro los puños que han formado mis manos sin que yo les diera la orden. De pronto, me siento tan agradecida con Oscar por admitir que él también tiene miedo. Ahora no tengo que sentirme como si fuera la única que se está volviendo loca.

—¿Sabes lo que dice papi? —pregunta Oscar. Habla en voz muy baja como si estuviéramos juntos en un lugar secreto. —Si no tienes miedo, no puedes ser valiente.

¡Lo entiendo completamente! Oscar en verdad parece mucho más viejo y más sabio que cuando le hacía un montón de preguntas a la señora Brown. Le sonrío.

Se me acerca y por un momento creo que me va a susurrar un secreto al oído. Pero en lugar de eso, sus labios me rozan la mejilla. ¡Es un momento extraño para recibir mi primer beso!

Poco después de eso, papi viene a recogernos. Toca la bocina para que salgamos pronto. Por lo general, sale del carro y visita a doña Margot, la madre de la señora Mancini, mientras Mundín y María de los Santos, la hermana mayor de Oscar, terminan su juego de parché. Doña Margot, que vive con los Mancini, hace de chaperona de María de los Santos siempre que algún muchacho viene a visitarla. Eso quiere decir que se queda junto a María de los Santos para asegurarse de que no suceda nada, se mece en su mecedora y se queda dormida después de un rato. Mundín, que acaba de cumplir quince, está perdidamente enamorado de la hermana de Oscar, que es un año mayor que él. Tiene una trenza muy larga que le cae por la espalda, que se trenza y destrenza siempre que se pone nerviosa. Por lo menos tiene las uñas intactas.

Doña Margot está parada en el balcón y le hace una seña a papi para que entre.

Papi le contesta el saludo.

—No puedo, doña Margot, tengo un compromiso—Quizá una de sus acostumbradas reuniones nocturnas con tío Toni y sus amigos.

Recojo mis cosas y bajo corriendo las escaleras hacia el carro. Por lo general, me apresuro para ganarle a Mundín y sentarme enfrente, junto a papi. Pero hoy me tengo que separar de Oscar. No es que me arrepienta de que me haya besado. Es sólo que no encuentro las palabras para la mezcla de confusión y placer que siento.

Sentada en el carro, estoy segura de que papi puede adivinar que un varón me dió un beso. Pero papi parece estar distraído, prende el radio, luego lo apaga, toca la bocina unas veces más antes de que Mundín aparezca finalmente a la puerta. Desde el balcón, María de los Santos le dice adiós desanimadamente con la mano mientras mi hermano se mete al carro.

De camino a casa, papi sigue olvidando reducir la velocidad para pasar encima de los policías acostados.

—¿Vas a salir esta noche, papi?

No me contesta de inmediato, lo cual es raro. Como últimamente casi no hablo, cuando lo hago, la gente se esfuerza en ponerme atención.

—¿Eh, papi? —le pregunto de nuevo.

Papi me mira con esa mirada que mata, pero cuando se da cuenta de quién soy, le cambia la mirada y sonríe.

—¿Qué dijiste, Anita?

Lo vuelvo a intentar, pero se me han esfumado las palabras.

—Te preguntó si ibas a salir esta noche —dice Mundín desde el asiento trasero. El miércoles pasado, los amigos de papi y tío Toni se reunieron en nuestra casa, hablando en susurros animados. Después todos se montaron a sus carros y se fueron. Más tarde, esa noche, escuché que regresaba el Chevy, se cerraban las puertas y luego papi y tío Toni le explicaban algo a Mundín y a mami sobre que el señor Smith no se había presentado en el lugar del picnic.

—¿Salir? Ah, sí, sí, voy a salir esta noche —dice papi de manera distraída.

—Oí que hoy traía puesto su traje caqui —observa Mundín.

Papi mira por el espejo retrovisor y asiente.

Pasamos por los portales del complejo, más allá del puesto de vigilancia vacío y la casa vacía de los García. Hace unos cuantos días, al señor Washburn le dieron nuevas órdenes de desalojar el complejo y no volver a tener trato con ningún elemento disidente. Se ha mudado al consulado del centro, donde se quedará hasta su regreso a los Estados Unidos a finales de junio.

Nuestra entrada está llena de carros estacionados en diferentes ángulos y de forma apresurada. A la entrada de la puerta, alguien ha volteado el retrato del Jefe hacia la pared. Tío Toni y sus amigos están reunidos en la sala, hablando en voces animadas. Mami se apresura a la entrada para saludarnos, los ojos muy abiertos y asustados. Le susurra algo a papi, que asiente con el mismo gesto que le hizo a Mundín en el carro.

Mami me mira y su cara intenta recobrar la compostura.

—¿Cómo te fue hoy en la escuela? —me pregunta, pero no se fija en que me pongo colorada ni aguarda una respuesta. Uno de los hombres regresa de su carro con un saco pesado en brazos. —Aquí no —le dice ella con brusquedad, haciendo un gesto con la cabeza hacia el estudio de papi. No quiere que el hombre descargue su equipo enfrente de mí.

Mami todavía trata de ocultarme cosas porque le preocupa que yo esté tan callada y tan flaca. Pero durante varias semanas, he tenido la sensación de que algo muy grande está a punto de suceder, algo lo suficientemente grande como para distraer a mami y hacer que no se preocupe tanto de boberías, lo cual me parece bien.

A veces regreso de la escuela y la encuentro sentada frente a la máquina de escribir en el estudio de papi. Cuando le pregunto qué está escribiendo, contesta, «Es sólo un trabajo para tu papá». Una vez, justo antes de que ella quemara la basura en un barril con carbón en el patio, encontré una página toda arrugada. La desarrugué y leí LLAMADO A TODOS LOS CIUDADANOS en la parte superior; el resto era como una Declaración de la Independencia, que hacía un listado de todas las libertades que el país disfrutaría ahora. «Todos los ciudadanos son libres de expresar sus opiniones, de votar por el candidato de su preferencia, de recibir una educación . . . » Me sentí como si estuviera leyendo algo escrito por George Washington, sólo que estaba a máquina en vez de a mano, y había sido concebido por mi papi y sus amigos en lugar de por un montón de hombres de peluca blanca de la época de la colonia en los Estados Unidos.

Mami también se preocupa mucho por Mundín. Ahora que ya tiene quince, no será tratado como un niño si los del SIM comienzan a hacer redadas. Mami ha tenido varias discusiones con papi sobre si mandar a Mundín a Nueva York con mis abuelos, pero papi razona con ella que es imposible que le den permiso a Mundín después de que Lucinda nunca regresó cuando su visa expiró. Y una petición como esa haría que los del SIM sospecharan que algo muy importante está a punto de ocurrir.

—Niños, esta noche cenaremos temprano —dice mami, como si Mundín y yo tuviéramos seis y nueve años en vez de doce y quince—. Después, a sus cuartos.

—Yo voy con papi —anuncia Mundín, enderezándose como si tuviera veintiuno en vez de quince.

—¿Usted está loco? —mami le pregunta. Nos habla de usted siempre que está enojada con nosotros—. ¡Mundo! —llama a mi papá, que se ha adelantado a la sala y está saludando a todos los hombres. Papi regresa y mami le explica lo que Mundín propone.

Papi le pone las manos en los hombros a Mundín. Todo lo que tiene que decir es:

—Si algo me llega a pasar . . . —para que Mundín baje la cabeza en señal de obediencia.

Después de una cena de espaguetis que nadie logra comer, mami, Mundín y yo vamos a la habitación de mami y papi para escuchar el radio y esperar. La emisora del gobierno, Radio Caribe, transmite un concurso de recitación, pero la mayoría de los poemas son acerca del Jefe, así que mami lo apaga. Pienso en cuando mi prima Carla se ganó la goma de borrar con forma de la República Dominicana en el concurso de recitación infantil del año pasado. Pero no puedo recordar el poema ganador que recitó. Quizá también era sobre Trujillo.

A cada rato, mami o Mundín va a la ventana para ver si ha regresado alguno de los carros. Tengo muchas preguntas en mente, pero no puedo encontrar las palabras y además tampoco quiero que mami se ponga aún más nerviosa si le pregunto.

Nos sentamos en la cama grande, hojeando las revistas *Life* que la señora Washburn nos dejó cuando se mudó. Hay muchas fotos del buen mozo presidente Kennedy y de su bonita esposa, Jackie, que se parece un poco a la tía mía que fue reina de belleza, sólo que más pálida y menos maquillada. También hay fotos del astronauta que los americanos mandaron al espacio. Está acurrucado en la cápsula como un bebé que todavía no nace. El nombre de la cápsula, *Freedom 7*, que quiere decir «libertad» en español, está escrito a un lado en letras grandes de molde. Me lo imagino allá arriba, dando vueltas y alejándose cada vez más del planeta Tierra, tan solitario y asustado como me siento yo en lo más profundo de mi ser.

Cuando tocan a la puerta, todos brincamos. Es Chucha. ¿Queremos que destienda las camas? Mami asiente distraída.

—Yo te ayudo —le ofrezco, con ganas de escapar de la tensión de ese cuarto. Mientras Chucha y yo doblamos el cubrecama de Mundín, le cuento acerca del astronauta volando en el espacio.

Chucha entrecierra los ojos como tratando de ver algo que ha estado muy distante, pero que ahora se aproxima.

—Prepárate —susurra.

—¿Para qué? —pregunto estremecida. ¡Ojalá Chucha no hablara con tanto misterio cuando me siento tan nerviosa!

Chucha levanta los brazos y los mueve de arriba abajo; las mangas moradas se le inflan.

—Vuela, vuela a la libertad —me recuerda.

Por supuesto. El sueño de Chucha: primero Lucinda, después Mundín y luego mami y yo volando al cielo. Me había imaginado que despegábamos a los Estados Unidos de América, con alas de ángel en los hombros. Ahora nos imagino amontonados dentro de una cápsula espacial, dirigidos hacia quién sabe dónde.

Justo entonces, Chucha y yo escuchamos las bocinas de los carros mientras suben por la entrada, las puertas se cierran de golpe y hay unas voces animadas frente a la casa. En el pasillo, mami y Mundín se apresuran a la puerta mientras los hombres entran en tropel, blandiendo sus armas.

—¡Qué vivan las Mariposas! —nos saludan. Papi levanta a mami y le da vueltas en el aire, luego la baja y me hace lo mismo a mí.

—¿Es cierto? ¿De verdad es cierto? —Mami sigue examinando la cara de papi para estar segura de que podemos celebrar sin peligro.

Papi tiene la cara colorada y feliz.

—Es cierto, Carmen, cierto, cierto, cierto. Después de treinta y un años, ¡somos libres de nuevo!

Tío Toni, que ha estado tratando de conseguir a alguien en el teléfono, regresa a la entrada. Tiene una expresión sombría.

—Nadie encuentra a Pupo —les anuncia a los hombres.

—Cómo que nadie encuentra a Pupo? —pregunta papi, después se apresura al teléfono y comienza a marcar varios números.

¿Quién es Pupo? quiero preguntar. La cara de desesperación de todos los hombres significa que Pupo es alguien realmente importante a quien tienen que encontrar.

—Si ese hijo de puta nos traicionó . . . —uno de los hombres está maldiciendo, pero otro lo calla para poder escuchar lo que dice papi.

—¿Dijo adónde iba o cuándo regresaría? —la voz de papi es tranquila y despreocupada, como la de un amigo que intenta localizar a otro amigo para conversar con él. Pero se enrosca el cable del teléfono una y otra vez alrededor de la mano, como si quisiera estrangularse los dedos—. No, no quiero dejar recado, no es nada importante. Luego le llamo.

Cuando cuelga, la cara de papi está tan sombría como la de tío Toni. Comienza a dar órdenes. Un par de hombres van a ir a casa de los Mancini. Supuestamente alguien más va a hacer otra cosa y alguien más se supone que va a ir a algún lado y decirle algo a alguien. Se me revuelve todo debido al griterío y el ir y venir, ¡además el corazón me late muy fuerte! Me pongo la mano en el pecho para calmarlo y miro hacia donde está a papi, esperando que me vea y me guiñe el ojo y me diga que todo va a salir bien. Pero él le recuerda a los distintos grupos antes de que se vayan que lo más importante es encontrar a Pupo y traerlo aquí para que vea «la evidencia». Parece que sólo Pupo, quienquiera que sea, puede dar la señal para que todos sigan sus órdenes.

La cara de mami es como una taza de porcelana que alguien ha tirado al suelo.

—¿Y qué pasa si no encuentran a Pupo?

Papi echa un vistazo al retrato del Jefe, que en la tarde estaba volteado hacia la pared. Con todas las idas y venidas, alguien debe haberlo rozado y el cuadro se volteó de nuevo.

—Si no encontramos a Pupo, sálvese quien pueda —explica papi, mirándolos a todos de uno por uno. Todos parecen comprender.

Papi se dirige a la habitación; mami se aferra a él llorando. Espero en el pasillo hasta que vuelven a salir, papi dándose unas palmaditas en el bolsillo de la camisa, la cacha de la pistola visible bajo el cinturón. En la puerta, le da un beso a mami, luego uno a mí, sin mirarnos a los ojos, como si no quisiera que viéramos lo preocupado que está.

Quiero decirle adiós, pero las palabras se me atragantan en la boca como una mordaza que no me deja hablar. Desde la entrada, veo cuando los carros arrancan, sus distintas luces apuntando en todas direcciones, como reflectores enloquecidos. Al otro lado del camino, la casa de los García está oscura. ¡Si tan sólo hubiera alguien al lado para venir a ayudarnos ahora! Por primera vez desde que mi familia y luego los Washburn se fueron, siento rabia con todos ellos por habernos abandonado.

Mami se voltea de pronto, mirando a su alrededor con urgencia.

—¿Dónde está Mundín? —me pregunta, como si yo cuidara de mi hermano mayor—. ¡Mundín! —llama. Su voz desesperada resuena por la casa vacía—. ¡Mundín!

Chucha está cerrando el garaje y regando la entrada, lo que parece extraño a media noche. Cuando oye llamar a mami, cierra la manguera y entra.

—¿Dónde está Mundín? —le pregunta mami.

—Lo vi meterse al primer carro —le responde Chucha.

—¡Ay, no! —gime mami. Corre al teléfono, pero en su desesperación, marca varios números equivocados hasta que da con el que busca.

—Doña Margot —le pide a gritos—, ¿se encuentra Mundín allí? —debe haber escuchado lo que deseaba porque se le relaja la cara—. ¡Bajo ninguna circunstancia lo pierda de vista!

Cuando cuelga, mami se ve furiosa:

—Cuando acabe todo esto, le voy a dar el castigo de su vida a ese muchacho.

Chucha niega lentamente con la cabeza.

—No, doña Carmen. Ya es demasiado tarde para eso. ¡Ay doña, si Mundín ya es un hombre! Ya abandonó el nido.

Miro por la puerta y por la entrada oscura. Todo el rebaño familiar se ha ido. Sólo quedamos mami y Chucha y yo.

nueve

Vuelo nocturno

El resto de la noche, esperamos y esperamos a que regrese papi. Chucha se va a su cuarto a prender velas y rezarle a San Miguel. Yo también trato de rezar, pero mientras me arrodillo al lado de mami, en lo único que puedo pensar es en cómo escapar si los del SIM llegan a la puerta. ¡Para mí no habrá una píldora suicida! Voy a volar, como dijeron papi y Chucha. ¡Quiero ser libre!

Lo mejor sería correr a la parte trasera del complejo, más allá de la casita de tío Toni y tomar el camino trasero al mercado lleno de gente. Tal vez podríamos encontrar a alguien que le diera un recado al señor Washburn en el consulado. ¡Monsito! ¿Quizá si mami le diera todo el dinero de la caja fuerte, él nos ayudaría? Qué extraño pensar que ahora nosotros somos los mendigos, pero en lugar de pedir limosna, pedimos ayuda para no perder la vida.

¡Perder *la vida*! Esas palabras se apoderan de mi corazón. ¿En verdad nos matarían los del SIM? ¿Me torturarían si no hablo? ¿Cómo explicarles que no tengo nada en su contra, que no he hablado con nadie? ¿Que olvido las palabras aun cuando trato de no hacerlo?

Miro para donde mami, esperando que me diga que todo va a salir bien. Pero la mano le tiembla tanto que ni siquiera puede pasar las cuentas de su rosario. ¡Mami también tiene miedo! Oscar dijo que hay que tener miedo para poder ser valiente. Sólo tengo que mantenerme a un paso de distancia del miedo. Si sólo se trata de un pasito, quizá pueda hacerlo.

¿Dónde estará Oscar ahora? me pregunto. ¿Estará también despierto y asustado, tratando de ser valiente? Toco el lugar en la mejilla donde me besó. ¿Tal vez cuando termine de ser Juana de Arco para la revolución, quizá entonces pueda volver a ser una niña normal y enamorarme de Oscar?

Por fin, mami y yo decidimos tratar de descansar un poco. Como si mi habitación fuera ahora más segura que la suya, mami se acuesta a mi lado en mi cama. Dejamos el radio transistor de Mundín sintonizado en la estación oficial, esperando a que Pupo haga su comunicado. Pero lo único que tocan es un programa de música de órgano que me recuerda la misa mayor de la catedral y tiene el mismo efecto. Me quedo dormida.

Después, el sonido de las sirenas me despierta.

—No es nada —dice mami con voz tranquilizadora, pero cuando me pone la mano en la espalda es como un cubo de hielo.

Me doy la vuelta en la oscuridad y miro hacia donde creo que está su cara. Las palabras que más me han preocupado toda la noche se desbordan.

—Mami, ¿no nos va a pasar nada, verdad que vamos a estar a salvo?

No dice nada por un largo rato. Me pregunto si se ha quedado dormida o si también a ella se le están empezando a olvidar las palabras. Por fin responde:

—Como dice Chucha, ahora estamos en manos de Dios.

—¿Quién es Pupo, mami? —le pregunto. Por la manera en que

los hombres hablan, nuestras vidas no están en manos de Dios, sino de Pupo.

—Pupo es el jefe del ejército. Se suponía que él iba a anunciar la liberación. Parece que nos falló.

¿Pero, que no había otros que iban a ayudarnos? quiero preguntar. Estoy pensando en el policía que no denunció al señor Washburn cuando vio las pistolas en el baúl del carro, en las miles de personas que, como dijo tío Toni, tendrán valor gracias a las Mariposas. Pero las palabras se hunden de nuevo en el fondo de mi memoria.

—Sin el ejército, estamos perdidos —Mami comienza a sollozar—. Y pensar que casi éramos libres.

Extiendo la mano y le acaricio la espalda, tal como ella me lo hizo a mí.

La música del órgano toca, como un funeral sin fin.

El recuerdo del resto de la noche es muy vago, me duermo y me vuelvo a despertar, todo se junta, el soñar y el despertar, las hermanas García de pie en la nieve en un lugar llamado Central Park como en la foto que nos enviaron; el borrador con forma de la República Dominicana; Sam que salta en su trampolín pero no baja nunca, hasta que es un astronauta dando vueltas en el espacio; las hermanitas de Oscar asomadas a la ventana, sus cabezas como tres tazones negros y brillantes; Oscar que se acerca a mí pero en lugar de darme un beso, me hace una marca en la mejilla con el tatuaje de águila de Wimpy; Chucha que arrastra su ataúd a la habitación de Lorena; la sangre en las sábanas de Lucinda se convierte en la misma sangre que Chucha intentaba limpiar de la entrada con la manguera esta noche; luego los sonidos de los carros al regresar, el rechinar de gomas, el azotar de puertas, los llamados a diestra y siniestra; los susurros asustados, los pasos apresurados, la voz de tío Toni y de papi y de mami; y luego el silencio interminable en el que me estoy hundiendo, hundiendo, hundiendo. . . .

Chucha me despierta con una sacudida. El sol entra a raudales por las persianas de las ventanas. Antes de que pueda preguntarle qué es lo que pasa, unos *calieses* de lentes oscuros se precipitan por el cuarto, clavando sus pistolas aquí y allá en las esquinas del clóset y bajo mi cama, en busca de algo que no pueden encontrar.

Chucha y yo nos aferramos la una a la otra y miramos a los hombres que abren gavetas y tiran mi ropa en el suelo. Muy pronto otra multitud de hombres entra al cuarto, empujando a mami, que se viste en una bata de dormir, frente a ellos.

—¡Traidores! —gritan.

Mami se apresura a mi lado y me abraza tan fuerte que puedo oír su corazón latirme en la cabeza. Estoy tan aterrada que no puedo ni llorar.

Cuando terminan con nuestro cuarto, nos empujan con los cañones de sus pistolas hasta la sala. Un hombre alto y flaco de bigote muy fino se sienta en la silla de papi, dirigiendo la operación. Los hombres entran y salen, informándole lo que encuentran. Se refieren a él como Navajita. No quiero ni pensar cómo fue que le pusieron ese apodo.

—Siéntense —ofrece Navajita, como si fuera su casa y no la nuestra. Estira la boca como una gomita, enseñándonos los dientes. Tardo un segundo en darme cuenta de que está sonriendo.

Nos sentamos y esperamos, estremeciéndonos ante el sonido de cristales rotos, de cosas que se hacen añicos, mientras su pandilla registra la casa y los jardines.

—¡Encontramos al Jefe! —un agente del SIM entra gritando al cuarto. El hombre flaco se para de golpe, como si tuviera un resorte debajo. Su perfil es tan afilado como el de una navaja. —En el baúl del Chevy —explica el agente—, encerrado en el garaje.

—Llévenselos —ordena Navajita. El agente del SIM se apresura, dando órdenes a gritos.

Desde la ventana de enfrente, podemos ver un enjambre de Volkswagens negros encendiendo los motores. Empujan a papi y a tío Toni, que tienen las manos atadas detrás de la espalda, hasta uno de los carros que esperan.

Mami corre a la ventana.

—¡MUNDO! —grita.

Papá voltea la cabeza de un jalón antes de que lo metan a empujones al carro.

—¿Adónde los llevan? —mami grita.

—Adonde llevaron al Jefe —contesta Navajita en tono lúgubre.

Muy pronto los demás agentes que han estado registrando el complejo se congregan en sus carros, manejando sobre la grama, dejando una estela de flores aplastadas y marcas de gomas lodosas. Trato de alcanzar a ver a papi o a tío Toni, la parte de atrás de su cabeza o un vistazo fugaz de su perfil, alguna cosita de ellos que pueda guardar en la memoria. Pero no puedo recordar cuál es el carro en el que viajan o si este ya se adelantó a un lugar donde no quiero imaginar qué es lo que les espera.

Al instante en que desaparecen, mami comienza a hacer llamadas telefónicas, tratando de encontrar a alguien que pueda ayudarnos. Pero parece que todo el mundo se ha dado a la fuga. Una música tétrica y fúnebre sigue tocando en el radio. Dondequiera que Pupo esté, no ha sido encontrado para hacer su comunicado de que el Jefe ha sido eliminado. En lugar de eso, parece que los del SIM y Ramfis, el hijo mayor de Trujillo, y sus hermanos son los que mandan y van a hacer que todo el país pague por el asesinato del Jefe.

Nos acurrucamos en la casa destrozada, sin saber qué hacer. Todo lo que antes estaba en una gaveta o en un estante está roto o hecho añicos en el suelo. La joyas de mami, mi pulsera de dijes, los cubiertos de plata en la caja forrada de terciopelo en el comedor y el carro de papi han sido confiscados, ahora son «propiedad del estado». Hasta han sacado las monedas de la buena suerte del fondo del estanque de mis abuelos. La última vez que el SIM nos hizo una redada, se portaron muy amables comparado con esto. Ahora sí que estamos en un gran lío.

Mami y Chucha y yo comenzamos a limpiar, pero mami pierde el control y se pone a llorar.

—¿De qué sirve? —solloza. Yo sigo como si nada, ayudando a Chucha, intentando mantenerme a un paso de distancia del terror. Pero el pánico se remueve en mi interior, una mariposota negra del miedo que revolotea en mi pecho y no puede salir. Barro y sacudo y limpio con más ganas, como si eso fuera a liberarla.

Por fin, mami logra comunicarse con el señor Mancini, quien viene de inmediato, meneando la cabeza ante el desorden que los del SIM hicieron en la casa.

Mami intenta controlarse, pero se sigue secando los ojos con uno de los pañuelos de papi. Cada vez que se sopla la nariz, ve el monograma con sus iniciales y eso hace que vuelva a llorar.

—Tenemos que hacer algo. Ay, Pepe, por favor, Dios mío, tenemos que hacer algo.

El señor Mancini baja la cabeza, como si no quisiera que mami le notara la preocupación en la cara.

—Ay, Pepe, nos van a matar a todos, ay, Dios —Mami solloza de manera incontrolable.

El señor Mancini la lleva a una silla y le ofrece su pañuelo, ya que el de papi está todo mojado y arrugado.

—Cálmese, Carmen.

—Por favor, Pepe, por favor, tenemos que encontrar a Washburn.

—Lo que debemos hacer en este momento es encontrarles un lugar seguro. Los del SIM regresarán, créamelo. Si no consiguen las confesiones que quieren, regresarán por las esposas y los niños. Ya han detenido a los hijos varones de varias familias.

—¡Mundín! —Mami se lleva las manos a la garganta.

—Mundín está bien —le asegura el señor Mancini—. Ahora, queridas damas, recojan unas cuantas cosas, prontísimo. Vendrán conmigo—Su mirada se posa sobre Chucha, que está de pie allí, escuchándolo todo.

—Chucha, le sugiero que cierre la casa y se vaya donde su gente.

—Esta es mi gente —responde Chucha, cruzándose de brazos.

—Anita —dice mami—, ve con Chucha y recoge algunas de tus cosas.

—Y traiga también algunas cosas de Mundín, Chucha —agrega el señor Mancini, haciéndole una pequeña seña con la cabeza a mami.

Mientras Chucha arregla una maleta para Mundín en el cuarto vecino, trato de juntar alguna ropa, pero mi cuarto es tal desastre, que ni siquiera puedo encontrar dos medias que hagan juego. Hay un pila grande en el suelo: ropa de la escuela y vestidos y blusas rotas, todo tirado y revuelto con ropa interior y zapatos. Hay papeles regados por dondequiera; vaciaron mis libros y los lápices del bulto, hasta el diario que había escondido hacía meses en un estante del clóset ha sido arrojado cerca de la puerta. Al ver todas mis pertenencias regadas como basura hace que me quiera dar por vencida. Me digo, *Sé valiente, sé fuerte.* Pero cuando veo la pobre mano del monito de la lámpara rota dentro de uno de mis tenis, me desplomo, sollozando, encima de todas mis cosas.

—¡Vengan! —el señor Mancini grita desde la entrada para que salgamos.

Trato de pararme pero no me puedo mover. Parece que la misma parálisis que atacó mi voz se ha apoderado también de mis piernas.

Chucha se apresura y entra al cuarto. Me echa un vistazo y comienza a meter mi ropa en la funda de la ropa sucia que antes colgaba detrás de mi puerta—la cara de una muñeca de trapo con una funda vacía por el cuerpo. Cuando termina, me alza y me abraza como si me estuviera transmitiendo su valor.

—¡Ya! ¡Ya! Es hora. ¡Vuela, vuela a la libertad! —Le da un jalón a mi funda de la ropa sucia y, al último instante, recoge el diario y lo mete adentro. Me empuja frente a ella y salimos corriendo por la puerta, mis piernas cobran fuerza mientras vuelo por la casa hasta el carro que nos espera, Chucha animándome a seguir adelante.

El diario de Anita

Sábado 3 de junio de 1961, hora del día, difícil saberlo

Por fin nos instalamos y mami ha dicho, anda, escribe en tu diario tanto como quieras, ya estamos metidos en un gran lío, quizá puedas dejar un testimonio que les sirva a otros en la clandestinidad.

Mami habla ahora en ráfagas de pánico en vez de oraciones. Le digo que lo único que quiero es escribir un diario, no salvar al mundo.

No te pongas con frescuras, Anita, estoy harta de eso, ya voy en cuatro Equaniles al día, o sea, mil seiscientos miligramos, ya no puedo más.

Ves por qué necesito este diario.

Lunes 5 de junio de 1961, por la mañana —mami se está bañando al lado

Sólo puedo escribir un poco a la vez, ya que no tengo mucha privacidad por aquí, aunque sólo seamos mami y yo en el clóset vestidor de la habitación de los Mancini. Cuando los Mancini cierran la puerta de su habitación, los podemos visitar en su cuarto y hacer cosas como bañarnos. De otra manera tenemos que quedarnos encerradas en el clóset vestidor.

Anoche a media noche, la señora Mancini nos despertó y susurró, no sé quién de ustedes lo está haciendo, pero me temo que no pueden darse el lujo de roncar en esta casa.

Nuestros sonidos tienen que sonar como sus sonidos.

* * *

Martes 6 de junio de 1961, *temprano —o así parece por la luz que entra por la ventana del baño*

La señora Mancini dice que menos mal que siempre ha acostumbrado a cerrar la puerta de su habitación para tener privacidad. Además, siempre ha limpiado la habitación principal ella misma, ya que el servicio tiene bastante que hacer con cinco niños. Y encima, no confía en nadie desde que se enteró del entrenamiento secreto que les dan en la Academia de Domésticas. Así que los hábitos de los Mancini hacen que su habitación sea un refugio tan seguro para esconderse como cualquier otra residencia privada pueda serlo en este instante.

Los Mancini tienen un tipo de casa extraña, que es como un apartamento. El primer piso es prácticamente un garaje grande y un cuarto de lavar y la cocina. Viven en el segundo piso, ya que allí está más fresco, gracias a una galería que va de un extremo a otro en la parte trasera, con unas escaleras que bajan al jardín.

Desde la ventana de su baño tengo una vista de pájaro de los jardines de la embajada. Pero a diferencia de un pájaro, no puedo volar libremente . . . excepto en mi imaginación.

Más tarde, *por la noche*

Según el señor Mancini, están deteniendo a montones de gente. ¡Metieron a la cárcel a todo el pueblo de Moca porque uno de los conspiradores es de allí! El hijo mayor del Jefe, Ramfis, dice que no descansará hasta que haya castigado a todos los hombres, mujeres y niños que tengan que ver con el asesinato de su padre. De hecho, el señor Mancini dice que la gente se refiere en secreto a esto como un ajusticiamiento, que quiere decir hacer justicia, igual como los criminales tienen que enfrentar las consecuencias de sus maldades.

Me siento mucho mejor de pensar que papi y tío Toni estaban

haciendo justicia, no realmente ~~asesinando matando~~ haciéndole daño a alguien. Pero de todas formas . . . de sólo pensar en que mi propio padre. . . .

Me tengo que ir. Una de las pequeñas Marías llama a la puerta de la habitación.

Miércoles 7 de junio de 1961, por la tarde, un día nublado, parece que va a llover

Una vez que los Mancini se van, nos tenemos que quedar quietas en el clóset vestidor y no movernos ni usar el baño. (Tenemos una bacinilla, pero te sorprendería lo ruidoso que es hacer pipí y qué complicado es hacerlo en la oscuridad.)

Sólo dos seres humanos en la casa saben que estamos aquí, tío Pepe y tía Mari (insisten en que ahora los llame así), y sus dos perros Yorkshire Terriers tamaño miniatura. Menos mal que Mojo y Maja me conocen de cuando teníamos aquí la escuela, y a mami de las veces que el grupo de canasta se reunía aquí, así que no nos ladran. Nadie más lo sabe. Tía Mari dice que va a ser difícil guardar un secreto en esta familia de curiosos. Pero por el momento es demasiado arriesgado decirle a cualquiera dónde estamos.

¡Qué raro es estar en la misma casa que Oscar y que él ni siquiera lo sepa! Cada vez que tía Mari o tío Pepe mencionan su nombre, siento que me arde la cara. ¿Me pregunto si se darán cuenta que demuestro un interés especial por él?

El procedimiento de urgencia es, si los del SIM comienzan a registrar o alguien entra a la habitación (además de los Mancini), nos metemos al baño, donde hay dos clósets estrechos; Mami se mete en uno y yo en otro, en cuatro patas hasta el espacio reducido de atrás y nos quedamos allí y rezamos para que no nos descubran.

* * *

Jueves 8 de junio de 1961, después de la cena, en el baño

Durante la cena esta noche, tía Mari sintonizó Radio Caribe y la puso un poco fuerte. Mientras tanto tío Pepe sintonizó muy bajito en su radio de onda corta a Radio Cisne, ya que la estación todavía es ilegal, y él y mami y tía Mari se acercaron para escuchar de cerca las noticias «verdaderas». Era como el día y la noche, la diferencia entre lo que cada estación reportaba.

CARIBE: La OEA está aquí para ayudar al SIM a mantener la estabilidad.

CISNE: La OEA está aquí investigando violaciones a los derechos humanos.

CARIBE: Los prisioneros alaban el tratamiento recibido ante el comité investigador de la OEA.

CISNE: Los prisioneros se quejan de atrocidades ante el comité investigador de la OEA.

CARIBE: Se ordenó la retirada del cónsul Washburn.

CISNE: Se transportó por helicóptero al cónsul Washburn para proteger su vida.

Las dos estaciones estaban de acuerdo en una sola cosa: el complot no funcionó. Pupo, el jefe del ejército, sencillamente no estuvo allí para anunciar la liberación por el radio y, en su lugar, Trujillo hijo ha tomado el poder y allá afuera eso es una carnicería. Los del SIM están haciendo redadas casa por casa. Más de 5,000 personas han sido detenidas, entre ellas los parientes de los conspiradores.

¡Quería taparme los oídos y no escuchar estas cosas!

Siempre que me siento así, comienzo a escribir en mi diario para que haya otra voz a la cual escuchar. Un tercer radio, sintonizado a mi propio corazón.

Me voy al baño a escondidas con mi diario y, muy pronto, mami me llama, diciendo que es de mala educación que esté yo sola, que vaya a acompañarlos y sea sociable, pero entonces tía Mari le dice que me deje en paz, que me hace bien escribir, ya que desde que llevo este diario, hablo mucho más.

Hasta que la escuché decirlo, no me di cuenta que era cierto.

Estoy recuperando las palabras, como si al escribirlas, las rescatara del olvido, una a una.

Viernes 9 de junio de 1961 —noche

Mami se enteró por tío Pepe que el señor Washburn está de vuelta en Washington y que está haciendo presión para anotar a papi y a tío Toni en la lista de prisioneros entrevistados por la OEA, ya que eso haría que sus vidas corrieran menos peligro. Una vez que la OEA tiene un nombre en su registro, es más difícil que el SIM se deshaga de esa persona.

Mami y tía Mari han empezado a rezarle un rosario a la Virgen María todas las noches para que cuide a todos los prisioneros, pero especialmente a papi y a tío Toni.

Siempre me arrodillo con ellas. Pero aunque ya volví a hablar, no logro pescar de mi cerebro las palabras para un Padre Nuestro o un Ave María.

Sábado 10 de junio de 1961, muy de noche

La luz va y viene todo el tiempo. Tía Mari nos trajo a mami y a mí unas pequeñas linternas. Esta noche, otro apagón total. Así que escribo bajo este rayito de luz.

Ya nunca sé exactamente qué hora es, a excepción de los sonidos de las sirenas de las doce del medio día y después de las 6 para el toque de queda. Los Mancini no tienen un reloj eléctrico en su habitación porque nunca da bien la hora de todos modos. A tía Mari la enloquecen los de cuerda porque hacen un tic tac muy fuerte. Dice que siente como si alguien estuviera controlando cada segundo de su vida.

La verdad es que cuando se vive en tanta proximidad, te enteras de las cosas más íntimas de la gente, como que tío Pepe siempre tiene que ponerse medias blancas para dormir o que tía Mari se saca los pelitos del labio de arriba con unas pinzas.

Me pregunto en qué se habrán fijado de mí. ¿Cómo me acaricio un lugar de la mejilla izquierda siempre que me siento asustada o sola?

11 de junio de 1961, después de la cena, segundo domingo en la clandestinidad

El domingo es lo más duro, ya que siempre teníamos la gran reunión familiar ese día. Primero quedamos reducidos a sólo los García y nosotros, luego nada más nosotros, luego sólo nosotros menos Lucinda, y ahora ya ni siquiera somos una familia nuclear, sólo mami y yo, como sobrevivientes después de la explosión de una bomba atómica, una familia dispersa.

Todos los días le pregunto a mami por papi y tío Toni. Pero los domingos, quizá le pregunto más de una vez. (¡No, no «montones de veces», como ella siempre me echa en cara!)

Hoy, me prometí a mi misma que no le preguntaría ni una vez. Pero para la noche, ya no puedo más. Mami, dije, sólo dime si están bien.

Ella titubeó. Están vivos, dijo, y comenzó a llorar.

Tía Mari la metió al baño y mientras me quedé sola en la habitación con tío Pepe. Guardamos silencio por un rato y luego dijo, Anita, hay que tener una actitud positiva. Así es como las mentes más brillantes de la historia han sobrevivido a la tragedia.

Tuve ganas de recordarle que no soy ninguna mente brillante, pero tío Pepe es tan inteligente, ¿quizá valga la pena seguir sus consejos?

Cierro los ojos y pienso en cosas positivas. . . . Después de un rato, me viene a la mente una imagen de papi y tío Toni y de mí caminando por la playa. Soy muy pequeña y me llevan de la mano, uno de cada lado, y me mecen sobre las olas como si fueran a echarme en el mar, y yo me río y ellos se ríen y papi dice, vuela, mi hijita, vuela, ¡como si yo fuera una pequeña chichigua impulsada por el viento!

Luego, como en un cumpleaños, pido un deseo: que papi y tío Toni sean libres muy pronto y que toda la familia esté junta otra vez.

Lunes 12 de junio de 1961, por la noche en el baño, cerca de las diez

A veces, trato de imaginar que mi vida en este refugio es como una película que terminará en tres horas. ¡Eso hace que sea más fácil aguantar los nervios de mami!

Esta es la escena todas las noches cuando quiero escribir después de apagar la luz:

ESCENA: Interior oscuro de un clóset vestidor. La madre en su colchoneta, que no es la cama más cómoda, ¡pero mucho mejor que dormir en la cárcel o en un ataúd!

ACCIÓN: La niña busca a tientas su diario y su linterna bajo la almohada. En completo silencio, comienza a salirse del vestidor.

MADRE: (susurrando, lo suficientemente fuerte como para despertar a la pareja que duerme en la habitación más allá del clóset vestidor) ¡Recuerda, los Mancini están dormidos!

NIÑA: Ya lo sé. (Pone los ojos en blanco en la oscuridad, pone cara de indignación, lo cual, por supuesto, la madre no puede ver. La niña entra al baño, apoya la linterna en la parte trasera del inodoro y comienza a escribir. La pantalla se pone borrosa y ¡la escena de lo que ella escribe se desarrolla ante nuestros ojos!)

De vuelta a mi diario . . . .

Quiero escribir todo lo que pasó esa noche en que tío Pepe nos rescató del complejo; aunque no es que vaya a olvidarlo. ¡Creo que nunca había estado tan asustada!

Mami y yo nos agachamos en la parte trasera del Pontiac de tío Pepe con unos sacos encima. Menos mal, ya que las calles estaban que hervían de tanques. Cuando llegamos a la embajada italiana, Mundín ya estaba allí, y aunque mami había jurado que lo iba a matar, estaba tan contenta de verlo sano y salvo y mordiéndose las uñas que nada más lo abrazó y seguía tocándole la cara y el pelo. El pobre de Mundín parecía como si de pronto hubiera pasado de tener quince a cincuenta años, los ojos vidriosos por las horribles noticias de que se habían llevado a papi y a tío Toni.

Mientras tanto, tío Pepe y el embajador italiano idearon un plan.

Como Mundín era quien corría más peligro, por ser varón, se quedaría en la embajada, ya que el SIM tiene prohibido el acceso, si es que todavía acatan las reglas. Pero el lugar estaba tan abarrotado de otros refugiados en busca de protección, que no todos podíamos quedarnos allí. Así que a mami y a mí nos pusieron en casa de los Mancini al lado, lo cual no es tan seguro. (Las residencias privadas no tienen privilegio de inmunidad.) El plan es sacarnos a todos del país tan pronto como encontremos la manera. Mientras tanto, tenemos que pasar inadvertidos, no decir ni pío, mientras los del SIM nos empiezan acercar con sus registros de casa en casa.

Cuando llegamos a la habitación de los Mancini esa primera noche, tía Mari nos mostró «nuestro alojamiento». Aquí está el comedor, dijo ella, señalando su mesita de noche con revistas, y aquí está su habitación, agregó, mostrándonos el clóset vestidor, luego, al cruzar el estrecho pasillo, aquí está su baño-sala-patio. Intentaba hacernos sonreír.

Comencé a desempacar y ¡qué sorpresa encontrar mi diario entre mis cosas! Luego recordé que Chucha lo había recogido y metido a mi funda de la ropa sucia.

¡Ay, cómo extraño a Chucha!

Martes 13 de junio de 1961, noche

Tío Pepe dice que hoy pasó por el complejo, y que el lugar estaba plagado de los del SIM. Él escuchó por Radio Bemba, que es como la gente se refiere al chisme, que el complejo es ahora un centro de interrogación del SIM. Se me revuelve el estómago de pensar qué podrá estar sucediendo en mi antigua habitación.

¿Y qué ha sido de Chucha? pregunté. De sólo pensar que algo le pudiera pasar a Chucha. . . .

¡Chucha está bien! me aseguró tío Pepe. Parece que el día después de que él nos evacuara, Chucha también se fue de casa. Se fue a pie al pueblo, al Wimpy's, y consiguió un trabajo barriendo los pasillos, lo que resulta casi imposible de creer. Pero Wimpy es uno de los contactos de tío Pepe, así que tal vez Chucha sienta que al estar allí, está más cerca de nosotros. ¡Quién sabe!

Sólo pensar que Chucha está en Wimpy's hace que me sonría.

Miércoles 14 de junio de 1961, por la mañana, después del desayuno

¡La pobre tía Mari tiene que pensar en las comidas encima de todo!

Para el desayuno, ella siempre prepara primero la bandeja de tío Pepe, antes de que se levante la cocinera, y se la lleva a su habitación. Así que esa comida nunca es un problema. Tía Mari sólo trae más pan de agua y mermelada y queso y una cafetera y un jarrón de leche y fruta fresca. Cierra la puerta y mami y yo salimos del vestidor y desayunamos, bebiendo las dos de una misma taza mientras tía Mari y tío Pepe comparten la otra.

En cuanto a la cena, tía Mari y tío Pepe antes salían a comer en el comedor, pero ahora, con el pretexto de que quieren escuchar las noticias sin interrupciones en su habitación, traen aquí sus bandejas y juntos comemos de los dos platos.

El problema es la comida del mediodía, ya que la familia siempre come junta en el comedor. Así que lo que hace tía Mari es esconder una funda plástica bajo su servilleta en las piernas, y se sirve mucha comida y come lentamente para que las niñas y María de los Santos y Oscar se hayan excusado mucho antes de que ella termine y luego, echa rápidamente los restos de la comida del plato a la funda para nosotras. No es la comida más apetitosa, una funda de comida revuelta, pero cuando pienso —aunque no quiero— en lo que papi y tío Toni y los demás prisioneros comen, me siento agradecida y me obligo a comer para que tía Mari no tenga que preocuparse de cómo salir de las sobras. (Mojo y Maja no pueden comer tanto.)

A tío Pepe le gusta bromear que tía María ha adquirido tanta experiencia con esa funda plástica que, si alguna vez necesita un empleo, ¡el SIM seguramente la contrataría!

Jueves 15 de junio de 1961, por la noche, ¡¡¡llevamos ya dos semanas en nuestro escondite!!!

Esta tarde, estaba escribiendo en el baño y escuché a las tres pequeñas Marías jugar en el patio. Me dieron tanta envidia, disfrutando del calor del sol en la piel y del cielo azul allá arriba.

Luego comencé a pensar en cómo papi y tío Toni tal vez ni siquiera pueden ver el cielo o tener un poco de aire fresco o algo de comer y mi actitud positiva se vino abajo. Me acaricié la mejilla, pero eso tampoco sirvió de nada. Me eché a llorar. Y eso que soy la niña que nunca llora.

Mami me sorprendió llorando y me empezó a regañar, qué te pasa, Anita, vas a tener que hacer un esfuerzo, por favor, ya estás demasiado grande para esto.

Lo que me hizo llorar más todavía.

Tía Mari me llevó al baño y cerró la puerta y susurró, Anita, tienes que comprender que tu madre está bajo una tensión tremenda, tremenda, así que toma eso en cuenta y nada más sigue escribiendo, no dejes de hacerlo. Mantén la calma. Reza a la Virgencita.

Mi sobrina valiente y bonita, agregó, abrazándome.

Viernes 16 de junio de 1961, después de la cena

Aunque parezca mentira, ¡recibimos correo aquí!

Mundín nos escribe notas que le da al embajador, quien se las da a tío Pepe, luego le contestamos usando el mismo método pero en reversa. Parece extraño que nos estemos escribiendo de aquí a allá ¡cuando sólo estamos a una casa de distancia! Mundín no dice dónde está escondido exactamente en caso de que la nota cayera en las manos no indicadas, pero nos dice que está bien, aunque muy preocupado por papi y tío Toni. La nota de hoy era sólo para mí. Creo que desde su escondite, Mundín alcanzó a ver a María de los Santos sentada en la galería con algún muchacho y quiere saber si yo sé algo.

¡No podía creer que Mundín estuviera pensando en una novia en un momento como éste!

Pero para el caso . . . ¡yo estoy pensando mucho en Oscar! Como diría Chucha, ¡El conejo diciéndole al burro, orejú!

Hoy en la cena, voy a preguntar sobre María de los Santos y ver si los Mancini me dan noticias de algún novio.

Mojo y Maja no me dejan escribir bien: se suben a mis piernas y muerden mi pluma. Parecen como dos cascadas de pelo, con una cinta rosa y una azul atada a una cola de caballo chiquitica en la parte de arriba de la cabeza.

Cálmense, les digo a los perritos. Sigue escribiendo, me digo a mí misma.

Sábado 17 de junio de 1961, por la noche

Otra escena de la película de mi vida desde mi escondite:

ESCENA: Una niña y su madre se sientan en una habitación con los esposos que les han dado refugio. El radio que habían estado escuchando está apagado.

NIÑA: (muy inocentemente) ¿Cómo está María de los Santos?

ESPOSA: Muy bien, gracias a la Virgencita María.

NIÑA: ¿Tiene novio?

ESPOSA: (moviendo la cabeza) ¿Cuándo no ha tenido novio esa muchacha?

ESPOSO: (alzando la vista desde el radio de onda corta, alarmado) ¿Qué dices? No sabía que permitieras que los varones llamen a María de los Santos.

ESPOSA: (con la mano en la cadera) ¿Permitirle? ¿Quién puede darle órdenes a esa muchacha? ¿Y dónde has estado tú que ni siquiera te has dado cuenta? Esto lo saben hasta los chinos de Bonao.

(Muy pronto, se ha desatado una auténtica discusión. La madre y la niña se meten de nuevo al vestidor, y la madre se dirige a la niña.)

MADRE: Mira lo que comenzaste, Anita, espero que estés satisfecha, gente tan amable, después de todo lo que han hecho por nosotras.

(La niña se calla la boca: ¡alguien tiene que mantener la paz por estos lugares!)

Domingo 18 de junio de 1961, *muy de tarde, asoleado y brillante*

Mi día menos preferido . . . pero hoy ha sido más tolerable porque tía Mari invitó a las viejas amigas de mami del grupo de canasta para un asado dominguero. Por supuesto, ninguna de ellas sabe que estamos escondidas aquí. Pero mami ha estado tan deprimida que tía Mari pensó que el ver a sus viejas amigas desde la ventana le levantaría el ánimo. Resulta que todas las del grupo de canasta son esposas de partidarios del complot.

¿Entonces por qué ellas no están también escondidas? le pregunté a mami.

Sus esposos no estuvieron directamente involucrados, explicó mami. Y nosotros estamos metidos en el peor lío porque encontraron al Jefe en el baúl del Chevy de papi.

De pronto, se me ocurre que por toda una noche, ¡estuvimos viviendo con un cadáver en nuestro garaje! Me pareció tan espeluznante, al igual que tonto. ¿Cómo es posible que papi y tío Toni dejaran el cuerpo del Jefe donde el SIM pudiera encontrarlo si nos registraban?

El plan era traer a Pupo hasta la casa, mami me da un poco más de explicaciones. Pupo había dicho que no comenzaría la revuelta hasta que no viera el cadáver.

Por lo general, mami comienza a llorar o se enoja conmigo cuando le pregunto estas cosas, pero desde que hemos estado escondidas nunca la he visto tan calmada como hoy. Estuvimos turnándonos para mirar por la ventana alta del baño, paradas en el inodoro. Mami pasó revista a todos los que vio, Ay, pero si Isa está tan delgada y mira a Maricusa, se cortó el pelo, y esa Anny va a tener mellizos.

Cuando era mi turno, me llamó la atención un joven que estaba apartado, leyendo. De pronto, ¡me di cuenta de que era Oscar! Quizá por no verlo en varias semanas, pero me pareció mucho mayor y muy buen mozo. Seguí observándolo cada vez que era mi turno.

He decidido que yo también quiero leer más. Ya he estado aquí casi tres semanas y lo único que he hecho es hojear las revistas de tía Mari, jugar barajas con mami, escuchar el radio y escribir en mi diario. Leer me serviría para pasar el tiempo y distraerme de pensamientos lúgubres de lo que le estará pasando a papi o a tío Toni o lo que nos está pasando a nosotras.

Así que le pedí a tía Mari que si me podía traer un libro de nuestra antigua aula.

¿Qué libro? quiso saber.

Me encogí de hombros y le dije que me trajera algo que le pareciera de mi gusto.

Lunes 19 de junio de 1961, por la noche

Esta noche, tía Mari dijo, ay cariño, sigo olvidando traerte un libro de la biblioteca de los niños. Aquí tienes uno para empezar. Y me dio este libro sobre la vida de la Virgen María.

Traté de leer un poco, pero no me llama mucho la atención.

En lugar de eso, estuve probando varios peinados en el espejo, preguntándome qué pensaría Oscar de una señorita con el pelo estirado en una cola de caballo.

Martes 20 de junio de 1961, muy tarde en la noche

Le dije a tío Pepe que tenía ganas de leer más y él dijo que le parecía una excelente idea. Me contó de gente famosa en cárceles y calabozos que hicieron cosas increíbles, como una monja de la época colonial que creo que escribió montones de poemas en la cabeza, y el Marqués de Sade, que escribió novelas completas, y alguien más que elaboró un diccionario, y otra persona que inventó un nuevo tipo de imprenta. Me causó gran impresión, pero no es para mí. Creo que sólo voy a seguir leyendo unos cuantos libros y escribiendo en mi diario.

Tío Pepe dijo que algo que todos estos prisioneros famosos descubrieron cuando estuvieron encerrados es que es importante tener un horario para no volverse loco. En ese preciso instante, al recordar cómo Charlie Price me había llamado loca, decidí elaborar uno y tratar de seguirlo todos los días.

Horario de Anita de la Torre en la clandestinidad:

MAÑANA:

Despertar —Salirme sin despertar a mami y tocarme los dedos de los pies (20 veces) y hacer ejercicios para la cintura (25), además de los que me enseñó Lucinda para que me crezca el busto (hacer 50 de esos).

Bañarme y vestirme —Cepillarme los dientes por lo menos un minuto para no acabar sin dientes como Chucha, lavarme el pelo con champú dos veces a la semana y definitivamente ¡no pasar todo el día en mi pijama o en mi bata hawaiana! Tío Pepe dijo que el Marqués de Sade se ponía su peluca empolvada y su chaqueta matutina mientras estuvo encerrado. Además, los nobles ingleses acostumbraban vestirse de lino blanco en la selva y mira cuánto tiempo dominaron al mundo. Le iba a recordar a tío Pepe que el Jefe también era muy presumido en su vestir y mira qué monstruo era . . . pero decidí que sería mejor que me callara la boca.

Después del desayuno —Leer un buen libro (una vez que tía Mari recuerde traerme uno), escribir en mi diario, tratar de no aburrirme, ya que tío Pepe dice que el aburrimiento es señal de pobreza mental . . . ¡¡¡definitivamente no quiero que ese sea el caso!!!

MEDIODÍA:

Comida —Tratar de que no me gruña el estómago antes de que tía Mari regrese con su funda del almuerzo oculta, tratar de ser amable cuando vea la berenjena aplastada con el arroz y las habichuelas y las sobras del pollo (siempre la carne oscura, la que menos me gusta) porque, como dice mami, los pobres no pueden pedir cebollitas con su mangú. (¡Pero a mí no me gustan las cebollas con mis plátanos majados!) Más que nada, tratar de ser amable con mami.

TARDE:

Tiempo libre —Escribir en mi diario, hablar con mami sobre las épocas felices del pasado. Tía Mari dice que esto realmente le sube el ánimo. Tratar de no pensar en el sonido de los tanques que se siguen deslizando por la calle o en los disparos en dirección al palacio nacional, el silencio absoluto una vez que suena el toque de queda a las seis.

NOCHE:

Cena —Por lo general es la mejor comida, ya que tío Pepe insiste en comer pasta una vez al día, lo cual también es mi comida favorita. Tío Pepe dice que debo tener sangre italiana. Y, por supuesto, eso hace que mami y tía Mari comiencen con el árbol genealógico.

Después de la cena —Escuchar Radio Cisne, tratar de no pensar en las noticias tristes, en las 7,000 detenciones, en los cuerpos que echan desde los acantilados a los tiburones, en los generales del ejército que disparan desde sus tanques a los barrios donde creen que se esconde la gente y, en lugar de eso . . . ¡tener una actitud positiva! Participar en las discusiones, ¡tener pensamientos positivos! Escribir en mi diario, echarle un vistazo a las revistas de tía Mari, cualquier cosa para evitar los malos pensamientos que podrían volverme loca.

Dormir —Apagar las luces a las 10 p.m., pero me puedo quedar despierta leyendo o escribiendo en el baño, siempre y cuando —a mami le encanta leerme la cartilla— esté muy callada, para no molestar a los Mancini. Escuchar con educación, tratar de no poner los ojos en blanco y hacerle cara de indignación a mami cuando me da este sermón todas las noches.

Antes de ir a dormir —Pensar en tío Toni y en papi en la playa, tratar de no pensar en los cuerpos tirados al mar, tener una actitud positiva, pensar en la arena y el viento en mi cabello y en papi que dice, Vuela, y en tío Toni que se ríe mientras me mecen en el aire.

X X X X X
X X X X

(¡¡¡una marca por cada día que no escribí en mi diario!!!)

Viernes 30 de junio de 1961, en el baño, una noche muy calurosa

Lo sé, lo sé, han pasado nueve días y no he escrito ni una palabra.

Simplemente no podía, después del susto que nos dimos la noche en que anoté mi horario.

¡¡¡Lo que pasó fue horrible!!! Me estaba alistando para pasar del baño al vestidor cuando escuché a alguien moviéndose en el jardín. El sereno ya había hecho su ronda de las 10 o algo así, y esto era después de las 11.

Así que desperté a mami, que «nunca pega un ojo» pero a quien siempre encuentro profundamente dormida, y despertamos a los Mancini, que soltaron a Mojo y Maja en la galería, y estos se fueron correteando escaleras abajo al jardín, ladrando y gruñendo, y luego hubo disparos, y tía Mari estaba gritando desde la galería, ¡MOJO! ¡MAJA! pero no contestaban, y tío Pepe trataba de meterla de nuevo a casa, mientras se ponía su bata de baño a toda prisa, ya que ahora alguien tocaba con fuerza a la puerta de la entrada principal.

Seguimos el procedimiento de emergencia —mami y yo nos metimos a los clósets del baño hasta el espacio reducido de atrás—una de las tablas del piso está suelta e hizo un sonido ¡¡¡Zas!!! horrible, ¡casi nos mata de susto! Esperamos por lo que debe haber sido 20 minutos, pero que parecía una eternidad. El corazón me latía tan fuerte que pensé que seguro se podría escuchar por toda la casa, y luego, ay, Dios mío, recordé que ¡había dejado mi diario en la parte trasera del inodoro cuando salí corriendo al clóset vestidor a despertar a mami! No me atrevía a salir de nuevo para recogerlo y no me atrevía a decirle a mami porque se hubiera muerto en el acto de uno de sus ataques de nervios.

Dentro de poco, tío Pepe estaba de regreso, y todos nos sentamos en el piso del vestidor y tío Pepe nos contó lo que había pasado.

Los del SIM habían llegado a la puerta para decir que los habían mandado llamar de la embajada porque había unos intrusos en el jardín. (¡Mentira!) Resulta que el agente del SIM al mando reconoció a tío Pepe, cuyo cuñado, el Dr. Mella, le había salvado la vida a la pequeña hija del agente cuando se le reventó el apéndice. De cualquier forma, cuando tío Pepe los invitó a que pasaran a registrar la casa, el hombre agradecido dijo que no sería necesario. Tío Pepe se quedó parado en la puerta hablando con ellos por un rato y luego se fueron.

Tía Mari se calmó mientras tío Pepe nos contaba la historia, pero luego comenzó a llorar otra vez por Mojo y Maja.

A la mañana siguiente, el sereno informó lo de la muerte de los dos perros.

Pobre tía Mari estaba llora que llora. Mami y yo nos sentíamos muy mal, ya que eso había pasado por culpa nuestra. Y yo me sentí el doble de mal ¡por haber dejado mi diario al descubierto! ¿Qué tal si los del SIM lo hubieran encontrado allí? Mi descuido nos hubiera costado la vida.

Durante días, no pude escribir ni una sola palabra. El tercer radio estaba apagado. Pero luego, comencé a pensar, si dejo de hacerlo ahora, ellos habrán ganado. Se habrán llevado todo, hasta la historia de lo que nos está pasando.

Así que esta noche tomé mi pluma y, en efecto, he estado escribiendo con toda el alma, aunque me tiemble la mano.

Sábado primero de julio de 1961, por la mañana

Mis dos propósitos para el nuevo mes:

#1: ¡Tratar de escribir algo todos los días!

#2: ¡¡¡Tener el diario escondido a todas horas!!! En la noche bajo mi colchoneta y durante el día cuando enrollamos las colchonetas, en el bolsillo del abrigo de pieles de tía Mari, que se pone cuando viaja a países fríos. El diario se ha vuelto tanto una parte mía que encontrarlo sería como encontrarme a mí. Así que tiene que ser un diario clandestino.

Cuando escribo en él, siento como si tuviera un par de alas y estuviera volando sobre mi vida y mirando abajo y pensando, Anita, las cosas no están tan mal como crees.

Domingo 2 de julio de 1961, por la tarde

Otro domingo deprimente, preocupándome por papi. Ya pasó un mes desde la última vez que lo vi. A veces hasta olvido su figura y luego me siento tan mal, como si mi mala memoria quisiera decir que él se ha ido para siempre.

Cuando me pongo así, ya no me importa seguir mi horario ni escribir en mi diario ni hacerme ilusiones con Oscar. Lo único que quiero es estar acostada en mi colchoneta del vestidor. Mami se enoja conmigo.

Anda, Anita, me regaña. No puedes estar acostada todo el día. ¿Quién te crees que eres, la Reina de Saba?

Más bien la Reina del Clóset Vestidor.

* * *

Lunes 3 de julio de 1961, *por la noche*

Las pequeñas Marías nos dieron un susto esta tarde. Tía Mari estaba de compras en Wimpy's y debe haber creído que había cerrado con llave la puerta de su habitación, como siempre, pero no fue así. Mami y yo estábamos en el vestidor, con la puerta abierta para la ventilación y la luz, jugando a la concentración, sin hacer mucho ruido pero sin tener demasiado cuidado, cuando de pronto escuchamos a las niñas entrar a la habitación.

Mami se va a enojar, decía una de ellas, no sé cuál.

¡No es cierto! dijo otra. Ni siquiera se va a enterar.

Luego hubo sonidos de abrir gavetas y risitas y una de ellas que decía, te pusiste demasiado. Estaban en el tocador, jugando con los pintalabios y los perfumes, lo que yo he hecho muchísimas veces en la habitación de mami.

¡Mira lo que hiciste! Lo derramaste.

Luego una de ellas dijo, Vamos a ver el oso de mami, que es cómo se refieren al abrigo de pieles de su mamá que está colgado en este clóset vestidor.

Mami y yo nos quedamos paralizadas. El juego de la concentración estaba regado por el suelo. No teníamos tiempo de recogerlo o de cruzarnos a los clósets del baño, así que nada más nos hicimos para atrás entre la ropa.

De pronto, escuchamos que alguien más entraba a la habitación. ¿Niñas, qué andan haciendo? Ya saben que no deben estar aquí. ¡Era Oscar! Hacía tanto que no oía su voz. Sonaba más profunda, como más de hombre que de niño.

Las niñas se escabulleron, pero el curioso de Oscar se quedó allí, mirando a su alrededor. Muy pronto escuchamos pasos a la vuelta de la esquina y por el angosto pasillo, y luego Oscar entró al clóset vestidor y le pasó la mano a los trajes y los vestidos colgados, y luego se paró en seco. En algo se había fijado. Sin hacer ruido, dio un paso atrás, salió del vestidor y cerró la puerta.

Mami y yo nos quedamos escondidas hasta que escuchamos que regresaba tía Mari. ¡Virgen María! gritó. Creo que dejé la puerta sin llave.

En el piso del clóset vestidor, nuestro juego de concentración estaba tal cual: todas las cartas del centro boca abajo. Pero una carta estaba volteada: ¡la reina de corazones!

Martes 4 de julio de 1961, temprano por la mañana
Antes del desayuno, escuché una piedrecita en la ventana del baño. Luego otra. No me atreví a mirar por la ventana por si acaso. Pero cuando escuché un tercer ¡tin! me venció la curiosidad y me asomé por la ventana alta. . . .

Oscar estaba parado en el jardín, levantando la vista. Me agaché antes de que me viera.

Más tarde
¿Me pregunto si Oscar me vio?
Así que ahora mismo tomé la reina de corazones, la saqué disimuladamente por la ventana y la observé mientras navegaba hacia el jardín abajo.

Miércoles 5 de julio de 1961, después de la siesta
Como ayer fue el día de la independencia de los Estados Unidos, Wimpy tuvo un asado detrás de su tienda. Invitaron a los Mancini. Tío Pepe dice que Wimpy sabe dónde estamos y está haciendo todo lo posible para garantizar nuestra seguridad, que no sé qué quiere decir.

¿Estaba Chucha allí? le pregunté a tía Mari.

¡Qué si estaba! Ella y Oscar no podían dejar de hablar.

Me toqué el lugar en la mejilla, tratando de calmarme. Pero mi imaginación estaba desatada. ¿Podrían haber estado hablando de . . . mí?

Oscar estaba de nuevo afuera temprano por la mañana, ¡mirando hacia arriba!

Jueves 6 de julio de 1961, noticiero vespertino

Esta noche, una sorpresa: tía Mari me trajo Las mil y una noches, que debe ser mi libro favorito de cuentos de todos los tiempos. Cuando vio la sonrisa en mi cara, dijo, Así que él tenía razón.

Resulta que tía Mari le preguntó a Oscar esta mañana qué libro recomendaría para alguien de su edad y él sacó este.

Abrí el libro y allí como marcador estaba: ¡la reina de corazones!

Viernes 7 de julio de 1961, por la noche

El saber que puedo establecer una comunicación secreta con Oscar hace que cada día parezca más prometedor. Estoy pasando mucho más tiempo en el baño, probando peinados.

Esta tarde, mami me vio arreglándome y dijo, ¿Quién te va a ver aquí, Anita, por amor de Dios?

Me ardía la cara. Por supuesto, tiene razón. Pero de todos modos, le dije lo que tío Pepe había dicho sobre el Marqués de Sade. Mami sólo contestó con uno de los dichos de Chucha: ¡Aunque la mona se vista de seda, mona se queda!

Durante la cena esta noche, tío Pepe se puso a dar una larga explicación sobre cómo los seres humanos no aprovechan todo su potencial. Si el cerebro fuera este plato, dijo, estamos usando este grano de arroz. Einstein usó quizá esta tajada de aguacate. Galileo, esta arepita de yuca.

(¡Y pensar cuánto potencial estoy desperdiciando peinándome y preguntándome si soy lo suficientemente bonita!)

¿Cómo sabes si estás usando todo tu potencial? le pregunté a tío Pepe. Pero antes de que pudiera decir una palabra, tía Mari dijo, te voy a decir cuándo estás usando todo el poder de tu cerebro: cuando eres tan lista como para comerte la cena antes de que se enfríe. Eso provocó que hasta tío Pepe sonriera y atacara la comida.

Sábado 8 de julio de 1961, por la noche

Al leer Las mil y una noches de nuevo me he puesto a pensar . . . ¿realmente puede suceder algo así? ¿Una niña que se salva por contarle a un cruel sultán un montón de cuentos? Digamos que el Jefe me hubiera llevado a su gran habitación, como quería hacer con Lucinda. ¿Le podría haber contado algunas historias que hubieran hecho cambiar de parecer a su malvado corazón? ¿O acaso existe gente tan mala que realmente no hay nada que pueda penetrar en su interior y hacer que cambien?

Le pregunté a tío Pepe y dijo que esa era la pregunta del millón de dólares. Dijo que muchos grandes pensadores como Ni-chi (¿cómo se deletrea?) y Jai-de-guer (¿?) trataron pero nunca encontraron una respuesta satisfactoria (y tenían a su disposición un plato de cerebros mucho más grande que el mío).

Tía Mari me ha prometido pedirle a Oscar otra recomendación de lectura.

Domingo 9 de julio de 1961, al final de la tarde

Mami y yo hemos estado solas todo el día, ya que los Mancini fueron a la playa a visitar a unos amigos. Cerraron la casa y le pidieron a todos los del servicio que se fueran. El lugar está tan espeluznante y silencioso. Y por supuesto, cualquier ruidito nos espanta.

Mami y yo estuvimos jugando a cartas por un rato y luego fuimos al baño, y mami me hizo un moño como el de una bailarina y me maquilló con un poco de pintalabios y colorete.

Mami, le pregunté mientras estudiábamos el resultado en el espejo, ¿crees que me parezco aunque sea un poquitito a Audrey Hepburn?

Mucho más bonita, dijo mami.

¡No podría haber dicho algo más agradable! Le perdoné todos sus ataques de nervios y el que no me hubiera dicho nada agradable en años. Me volteé y le di un abrazo muy fuerte.

Cuidado que no vayas a romperme algo, dijo mami, riendo. Precisamente ahora no puedo ir al médico.

Más tarde, domingo por la noche

Tía Mari regresó de la playa con unas conchas que Oscar y las niñas recogieron.

Escogí una para llevarme al vestidor, una espiral brillante con pintas marrones. Pero luego recordé que Chucha decía que las niñas que guardan conchas se quedan jamonas y se lo llevé de vuelta a tía Mari y le dije, guárdamela hasta que me case.

Parecía estar un poco sorprendida.

Tío Pepe acaba de regresar de la embajada al lado con unas noticias emocionantes: ¡Van a evacuar a Mundín muy pronto! Parece ser que hay un crucero italiano en el puerto con rumbo a Miami. El embajador tenía la esperanza de subirnos a todos a bordo, pero el capitán dijo que sólo podía llevar a un pasajero misterioso, ya que llevar a más sería muy arriesgado, dado que el SIM controla con sumo cuidado todos los puertos de salida.

Mami está preocupada por Mundín y por si el transbordo tendrá éxito, y eso hace que se empiece a preocupar por papi y tío Toni. Ya no duerme tan bien, pues se le acabó el Equanil. Tía Mari dice que está agotado en las farmacias. Parece que el país entero está tomando tranquilizantes.

Martes 11 de julio de 1961, por la noche

Anoche, mientras estábamos acostadas en nuestras colchonetas en el clóset vestidor, mami me comenzó a contar historias de cuando era chica y vivían en una finca azucarera donde su padre era el médico interno. Era como en los viejos tiempos, cuando ella y yo nos llevábamos tan bien.

La mejor historia fue de cuando cumplió quince y sus padres le hicieron una gran fiesta. La quinceañera traía un vestido blanco y largo como el de una novia y un cintillo de flores de azúcar hechas especialmente para ella por el repostero de la plantación.

Cuando terminó la fiesta, mami tenía muchos deseos de guardar esa corona, pero su hermanito Edilberto encontró la corona de dulce y chupó todas las rosetas de azúcar. ¡Lo único que quedó fue el armazón de alambre!

Tú te ríes ahora, dijo mami, pero yo lloré como si me hubiera comido el corazón.

Hablando de reinas, dijo mami, ¿no sé si te acuerdas que hace seis años, la hija del Jefe fue coronada Reina Angelita I? Apenas eras una niña, pero cuando la viste en los periódicos vestida en ese ridículo traje de seda que costó 80,000 dólares, dijiste, ¿mami, esa es nuestra reina? Y no supe que decir porque los del servicio estaban cerca, así que dije, en realidad aquí no tenemos una familia real, pero a Angelita su papá la hizo reina. Y por un tiempo después cuando te preguntábamos qué querías para tu cumpleaños o para Navidad o Vieja

Belén o Los Tres Reyes Magos, decías que querías que tu papá te hiciera reina.

Así que para tu próximo cumpleaños, ¿te acuerdas? Tu papá te hizo una corona de marshmallows. Usaste esa cosa todo el día bajo el sol, no te la querías quitar y esos marshmallows se comenzaron a derretir en tu pelo. Nos costó un trabajo lavártelo.

El pensar en papi hace que las dos nos quedemos calladas. Estoy acostada en la oscuridad, recordando a papi y a tío Toni, caminando en la playa conmigo, y la arena y el viento, y tío Toni bromeando, Vamos a echarla al agua, y papi agarrándome fuerte y riendose. . . .

Extendí la mano hacia mami justo cuando ella me extendía la suya.

Miércoles 12 de julio de 1961, por la noche

Wimpy y el señor Washburn han intentado hacer todo lo posible. Pero los nombres de papi y de tío Toni no aparecieron en la lista de los prisioneros entrevistados por la OEA cuando estuvo aquí. No necesito que mami me diga que esa no es buena señal.

Escuché algunas de las historias que contaban los prisioneros en esas entrevistas. Mami y los Mancini estaban oyendo el informe de la OEA en Radio Cisne hoy por la noche. Ellos creían que yo estaba escribiendo en mi diario en el baño, pero yo todavía estaba en el pasillo. El locutor leyó unos pasajes con una voz muy natural, pero los hechos en sí eran horribles.

Los prisioneros se quejaban de cómo les arrancaban las uñas, cómo les cosían los ojos para que no pudieran cerrarlos. Los ponían en una silla eléctrica llamada el Trono y les daban choques eléctricos para que revelaran quién más estaba involucrado. Y cómo a uno de ellos le dieron de comer un bistec, sólo para enterarse de que era la carne de su propio hijo.

Por primera vez en mucho tiempo, me metí el pequeño crucifijo en la boca y dije un Padre Nuestro. Luego fui al baño y vomité la cena.

Jueves 13 de julio de 1961, *por la noche*

¡Qué sorpresa!

Estábamos en la habitación con los Mancini, escuchando las noticias, cuando alguien tocó a la puerta: la sirvienta anunciaba que los Mancini tenían visitas.

¿Quién es? preguntó tía Mari a través de la puerta cerrada.

El embajador con una señorita, contestó la sirvienta.

Tía Mari y tío Pepe no esperaban al embajador y por supuesto sospecharon que se trataba de un truco del SIM. De inmediato seguimos el procedimiento de emergencia.

Un poco más tarde, escuchamos a tía Mari regresar a la habitación con alguien más. Escuchamos que cerraba con llave la puerta de la habitación. Luego entró al baño y dijo, Está bien. Ya pueden salir ahora.

Así que salimos en cuatro patas de la parte de atrás de nuestros clósets, pensando que la otra persona era tío Pepe o el mismo embajador, pero mientras mami y yo salíamos, había una muchacha rubia sentada en la cama de tía Mari dándonos la espalda.

Nos apresuramos de nuevo al baño.

Pero tía Mari nos llamó, vengan acá, hay alguien que quiere verlas.

Mami y yo estábamos horrorizadas. Todos sabemos que nadie más nos debe ver la cara, sólo nuestros dos anfitriones.

Tía Mari se apareció a la puerta del baño con una muchacha rubia que traía lentes de sol y un vestido que se notaba que no le gustaba mucho por la manera en que bajaba la vista y sentía repugnancia ante sí misma. Luego ella levantó la vista con los ojos más familiares del mundo.

¡Mundín! gritó mamá.

¡Shhh! dijo tía Mari, riendo. De manera que sí funciona, dijo. Le dije al embajador que la mejor prueba sería si su propia madre y su propia hermana no lo reconocieran.

Mundín iba de camino al barco. Nos dio un abrazo de despedida. Esto no me agrada nada, dijo, y no me refiero al disfraz. Me refiero a dejarlas aquí. Papi siempre dijo que si algo llegara a sucederle. . . .

Paró de hablar cuando mami comenzó a llorar.

Tía Mari me dejó acompañar a Mundín a la puerta de la habitación. A cada paso sentía que se me destrozaba el corazón, como esa tortura que escuché en el radio donde cortaban vivo a un hombre muy lentamente.

Mundín volteó a verme, y dicen que los hombres no lloran, así que tal vez era porque iba vestido de mujer, pero mi hermano mayor tenía lágrimas en los ojos.

En cuanto a mí, estaba sollozando tan fuerte que apenas podía respirar.

Sábado 15 de julio de 1961, por la mañana

Anoche mami y yo no nos quedamos hablando hasta tarde. Más temprano habíamos estado escuchando a Radio Cisne y el locutor cerró el programa diciendo: ¡Que vivan las Mariposas! ¡Que vivan las Mariposas!

Eso debe haber hecho que mami se pusiera a pensar en papi porque comenzó a hablar de los viejos tiempos, y de cómo papi y mis tíos se involucraron en el movimiento clandestino en contra del dictador.

Después de que tu padre regresó de la universidad en los Estados Unidos, explicó mami, se puso a trabajar y a criar a su propia familia, así que no le hacía mucho caso a la política. Mami susurraba en voz muy baja, para no molestar a los Mancini. Tuve que ponerme al borde de la colchoneta para poder escucharla.

Pero las cosas empezaron a ir de mal en peor. Nuestros amigos estaban desapareciendo. Detuvieron a uno de tus tíos. No sabíamos qué hacer.

Luego nos enteramos de unas hermanas que estaban organizando un movimiento para liberar el país. Todo el mundo las llamaba las Mariposas, porque les habían puesto alas a todos los corazones.

Algunos de tus tíos, como tío Carlos y tío Toni, participaron de inmediato, mami continuó. Pero papi esperó, temeroso de poner nuestras vidas en peligro.

De alguna manera, los del SIM se enteraron del movimiento. Comenzaron a detener a la gente y a sus familiares, a torturarlos y a conseguir más y más nombres. Mamita y papito y tus tíos se fueron del país mientras les fue posible. Tío Carlos salió justo a tiempo.

En cuanto a las Mariposas, les tendieron una emboscada y las asesinaron en una carretera solitaria de la montaña y tiraron su carro por el precipicio para que todo pareciera un accidente.

Y fue allí que tu papá y yo decidimos mantener viva la llama de las Mariposas y comenzamos de nuevo la lucha.

¡No pude creer que mi propia madre que es tan nerviosa formara parte de un complot! Pero de pronto, como una de esas lámparas que dan una luz aún más brillante cuando giras el interruptor dos veces, la vi sentada ante la vieja Remington de papi, escribiendo declaraciones a máquina, o afuera en el patio, quemando cosas comprometedoras, o en la enramada del jardín, cubriendo un saco de armas con una lona. ¡Mi madre Juana de Arco, mi mami Mariposa! ¡Me sentí tan orgullosa de ella!

Mami siguió hablando de cómo se expandió el movimiento por todo el país. Todo el mundo se estaba uniendo a él. Papi se puso en contacto con Wimpy y el señor Farland, a quienes conocía de sus días universitarios, y los americanos decidieron ayudarlos. Otros hombres hasta persuadieron al general Pupo de que se uniera al complot. El general dijo que una vez que tuviera prueba de que el Jefe había sido eliminado, él, Pupo, tomaría el control del gobierno y convocaría a elecciones libres.

Pero entonces, las cosas se empezaron a ir a pique, dijo mami. Sonaba como uno de esos juguetes a los que se les está acabando la cuerda. Washington se echó para atrás. La noche del ajusticiamiento, nadie pudo encontrar a Pupo. Los del SIM intervinieron a toda prisa.

El fin, terminó mami. Su voz apenas un susurro.

Cerré los ojos, recordando la promesa que papi quería que le hiciera y pensé, No, mami, no es el fin. ¡Que vivan las Mariposas!

Lunes 17 de julio de 1961, entrada la noche

Mientras nos estábamos alistando para acostarnos esta noche, tía Mari dijo, Ah, sí, casi lo olvido. Chucha se me acercó hoy en Wimpy's y me dijo algo que no entendí del todo. Las tres estábamos en el baño, lavándonos los dientes. Todas tenemos que hacer ruido simultáneamente.

Dijo que les dijera que se preparen para usar sus alas.

Mami tenía cara de sorpresa. Creí que nadie más que ustedes y Wimpy sabían que estábamos aquí.

Créemelo, dijo tía Mari, yo me hice como que no sabía nada. Pero me siguió por todo el supermercado y luego afuera hasta el carro. Y después, me repitió lo mismo. Dije, Chucha, no sé de qué me está hablando. Y ella nada más me lanzó una de sus miradas y luego se sacó esto del bolsillo.

Era la tarjeta bendita de San Miguel levantando sus enormes alas sobre el dragón muerto.

Mi corazón también tiene un par de alas: ¡una de ellas bate de emoción porque quizá muy pronto seremos libres! La otra tiembla de miedo porque realmente no quiero ser libre sin papi y tío Toni.

Martes 18 de julio de 1961, por la noche

Estoy usando la pequeña linterna que me dio tía Mari, ya que otra vez hoy se fue la luz en toda la capital. La teoría de tío Pepe es que es un acto de sabotaje por parte del SIM, una razón más para sacar los tanques del ejército.

Todos estamos llenos de esperanza, ya que mañana hay planes para un mitin. También apareció en el periódico una carta a toda página, con la declaración de los derechos del hombre, firmada por mucha gente importante.

Tío Pepe dice que es nuestra Carta Magna, y me alegra tanto haber puesto atención en la clase de historia ese día, que no tengo que preguntar qué cosa es.

Miércoles 19 de julio de 1961 —podemos escuchar el mitin en acción, gritos de ¡LIBERTAD!

Hay una pequeña posibilidad, pequeñísima, dice tío Pepe, sosteniendo el pulgar y el índice tan de cerca que parece que casi se tocan, de que salgamos en un vuelo particular que llevará a un grupo de americanos a Florida. Wimpy ha tratado de hacer arreglos de manera que mami y yo podamos abordar ese avión a última hora.

De pronto, de pensar en abandonar nuestro escondite me entra miedo.

Tío Pepe me contó una vez acerca de un experimento en que unos monos que habían estado enjaulados por tanto tiempo, que cuando les dejaron las puertas abiertas, no querían salir.

¿Me pregunto cómo se sentirá ser libre? ¿No necesitar alas porque no tienes que salir volando de tu país?

Jueves 20 de julio de 1961

Oscar y yo nos estamos comunicando por medio de un lenguaje secreto de libros. Hasta ahora, ha escogido El principito, Poesías de José Martí, Cuentos de Shakespeare para niños, The Swiss Family Robinson. Cuando termino cada uno, se lo regreso a tía Mari con la tarjeta de la reina de corazones dentro.

Luego, cuando llega el siguiente libro, en efecto, ¡allí está el marcador de libros de la reina de corazones!

¿Qué será de Oscar y de mí? ¿Me pregunto si harán una película de nosotros, como Romeo y Julieta? ¡Sólo espero y ruego que nuestra historia tenga un final más feliz!

Viernes 28 de julio de 1961, otro mitin en la calle

Debido a todos estos mítines, los del SIM han comenzado otra vez a detener a la gente y a hacer redadas de casa en casa.

Wimpy nos ha advertido que nuestra evacuación podría suceder más temprano que tarde. El problema es cómo llevarnos a un lugar secreto donde podamos tomar el vuelo hacia la libertad.

Los Mancini están intentando idear algo.

Ya no ha habido más entregas de libros. El lunes, tía Mari mandó a las niñas y a Oscar y a doña Margot fuera con sus amigos a la casa de la playa. Debido a los mítines, hay muchos disparos y detenciones masivas. Varias balas penetraron la ventana de nuestra antigua aula que da a la calle. Menos mal que los niños ya habían salido de casa. Tía Mari se niega a entrar allí.

Mami y yo no nos soportamos la una a la otra con toda esta tensión.

Trato de caminar de arriba abajo cuando ella no lo está haciendo, pero no hay mucho espacio dentro de un clóset vestidor.

Cuesta trabajo concentrarse en cualquier cosa, aun escribir en mi diario. No he tenido la gana de seguir mi horario.

Tía Mari sugiere que nos entretengamos jugando a las cartas, pero cuando mami pone la baraja en orden, dice, ¿Qué carambas pasó con la reina de corazones?

Domingo 30 de julio de 1961 —¡el día más ABURRIDO hasta ahora!

Esta mañana, los Mancini se fueron a la playa a pasar el día y ver a los niños, así que esto es una tumba. Lo único que he hecho es leer y dormir y mirar las revistas y comer el pan de agua que sobró del desayuno, y ahora voy a tratar de escribir—

Estamos en el espacio reducido de atrás —y estoy garabateando esta nota a la luz de la linterna sólo en caso de que alguien encuentre este diario—

Hubo un ruido enorme en el patio como de un avión aterrizando—ahora hay un sonido estrepitoso en la puerta de la entrada principal—

Ay, Dios mío— ¡¡¡¡Están entrando a la casa!!!!

Me tiembla tanto la mano . . . pero quiero dejar un testimonio sólo para que el mundo lo sepa—

diez

Grito de libertad

—Anita, por favor —mami me llama desde el otro cuarto—, apaga eso.

Estoy sentada frente a la televisión en el Hotel Beverly, donde mis abuelos han estado alquilando un apartamento en el último piso. Llevamos ya más de mes y medio en la ciudad de Nueva York. Hago una marca por cada día en el calendario. Hoy hice una **X** tan gruesa que rompí el papel. El 18 de septiembre de 1961 ni siquiera ha terminado, ¡pero ya se fue!

Los días se están poniendo más fríos. Allá en la calle, diez pisos más abajo, los pequeños árboles de juguete empiezan a adquirir un color rojizo, como si alguien les prendiera un fósforo.

Siempre que puedo, veo la tele. Le digo a mami que quiero aprender más acerca de este país. Pero en realidad, sólo quiero distraerme de todas las cosas que me podrían preocupar en este momento.

Como la llamada que mami está a punto de hacer desde el otro cuarto. Dos veces por semana llama al señor Washburn en Washington para preguntar si hay alguna noticia de papi y mi tío. Todos nos sentamos alrededor —mis abuelos, mamita y papito, Lucinda y Mundín y yo— observando las reacciones de su cara.

—Con el señor Washburn, por favor —escucho decir a mami. Me levanto para apagar la televisión y justo entonces, sale la única señora hispana que he visto alguna vez en la tele. También hay un tipo cubano llamado Ricky Ricardo, que tiene una esposa americana aloqueteada que me recuerda a la señora Washburn. Esta señora trae una canastota de guineos en la cabeza como las marchantas del mercado pregonando su mercancía.

Bajo el volumen y canto entre dientes.

La primera vez que la vi, no pude creer lo que decía: «Soy Anita Banana y llegué aquí para vivir».

—¡NO! —le grité a la tele y me tapé los oídos con las manos—. ¡No voy a quedarme, no voy a quedarme!

Lucinda entró corriendo al cuarto.

—¿Qué pasa? ¿Caramba Anita, por qué estás gritando así? Menos mal que mami y mamita y papito salieron con Mundín para comprarle una chaqueta de invierno, de otra forma mis gritos les hubieran destrozado los delicados nervios. —¿Quieres que nos boten de aquí?

Asentí y luego negué con la cabeza. Por supuesto que no quería que nos botaran y nos mandaran a vivir de vuelta en un clóset vestidor. Pero yo quería que terminara la dictadura para que pudiéramos regresar a casa y vivir otra vez como familia.

—La señora —dije, señalando la pantalla silenciosa.

—¿Qué tiene? —preguntó Lucinda, subiendo de nuevo el volumen. Miró el resto del comercial—. ¿Lloras por ella?

—No, no es por ella, por lo que dijo —le expliqué la profecía de la señora como si la televisión fuera una bola de cristal.

Lucinda dejó escapar uno de sus suspiros de resignación.

—Ay, Anita, no es eso lo que dice —Lucinda movió las caderas, imitando a la señora—. Dice Chiquita Banana, no Anita Banana, y llegué aquí para decir, no para vivir!

Creo que yo también tengo los nervios arruinados.

Todavía veo espíritus y señales por todos lados. Y Chucha no está aquí para ayudarme a interpretarlos.

—*I am so sorry to be molesting you, Mr. Washburn* —mami le está diciendo cuando entro al cuarto. Lucinda le ha explicado que «*molesting*» no quiere decir «molestar» en inglés como en español. Pero mami dice que cómo queremos que recuerde todas las maneras enrevesadas en que los americanos han cambiado el español. A veces, a pesar de estar tan triste, hasta yo tengo que sonreírle a mami.

—Sí, sí, comprendo, sí, señor Washburn —mami está diciendo. Con cada sí, puedo oír que su voz se vuelve más y más débil. Tiene los nudillos blancos de agarrar tan fuerte el teléfono—. Que no haya noticias es buena señal. Tiene razón. Le estamos tan agradecidos —dice al final.

—Nada —dice mami en voz baja después de colgar—. Están tratando de hacer presión para que Ramfis se vaya del país. Entonces pondrán en libertad a los prisioneros. Nada más tenemos que seguir esperando y rezando —agrega de mejor humor. No suena muy convencida.

—¡Exactamente! —concuerda mi abuelo, tratando de darnos ánimos a todos. Pero mi abuela comienza a llorar.

—Mis pobres hijos, mi pobre país.

Lucinda se le une y, al poco rato, mami y yo también estamos llorando. Mundín se apresura al baño, donde estoy segura de que también llora.

Mi abuelo se pone el abrigo y se dirige a la farmacia a conseguir más medicina para la presión de mi abuela.

Quiero acompañarlo, pero no puedo porque es medio ilegal que nos estemos quedando en los cuartos con ellos, ya que tendrían que pagar más. Papito le ha dicho al portero, que es puertorriqueño, que la nuestra es una «situación provisional» y el portero dijo que comprende, pero que debemos ser discretos. Así que tratamos de salir de uno en uno, para que parezca como que no nos conocemos, sino que somos gente diferente que se queda en las habitaciones de los primeros pisos del hotel.

Me paro junto a la ventana y espero ver a papito salir por la planta baja, un anciano con un sombrero panamá; una de las pocas caras que me es familiar en este país donde a los únicos que conocemos son los que vinieron con nosotros.

El día en que nos sorprendieron en nuestro escondite, no tenía idea de que iba a decirle adiós a mi país. En realidad creí que los del SIM nos habían descubierto y que iba a decirle adiós a mi vida.

Es por eso que, por más asustada que estuviera, seguía escribiendo en mi diario. Quería que alguien supiera lo que nos había sucedido.

Pero cuando se abrieron las puertas de nuestro reducido espacio, ¡se trataba de Wimpy y sus paracaidistas al rescate! Los Mancini, que estaban en la playa, ni siquiera sabían que el aerotransporte tomaría lugar ese día. Varias cosas tenían que estar listas para nuestra evacuación y ese domingo 30 de julio, se conjugaron a última hora.

Yo había estado a punto de esconder mi diario bajo una tabla suelta. Pero Wimpy me agarró y me cargó, y me llevé el diario en la mano. Un helicóptero sin identificación nos estaba esperando en los jardines de la embajada para transportarnos lejos de allí y no había ni un minuto que perder. Afuera en las calles, transcurría un mitin rabioso y los del SIM estaban demasiado ocupados controlando a la multitud para darse cuenta de que un helicóptero volaba como un caballito del diablo con una madre e hija aterradas dentro de él.

Al norte de la ciudad, aterrizamos en una pista abandonada, donde un avión de carga nos esperaba. Llegó una camioneta con otra gente, algunos de los cuales reconocí. Wimpy ayudó a todos a subirse a bordo, una expresión sombría en la cara, su tatuaje del águila bombeando a todo lo que daba. Mientras despegaba nuestro avión, me asomé por la ventana y vi el asfalto agrietado y las palmeras que se mecían diciéndonos adiós, y creo que vi un destello morado subirse de nuevo a la camioneta con Wimpy.

Volamos más y más alto, sobre valles verdes y montañas oscuras y acanaladas y luego sobre la costa, las olas que rompían sobre la blanca arena. Kilómetros abajo, Oscar estaba en una de esas casitas de playa . . . ¡quizá mirando hacia arriba! ¿Cuánto tiempo pasaría antes de que él regresara a casa? ¿Se daría cuenta de inmediato de que yo ya no estaba escondida en el clóset vestidor de sus padres, usando su reina de corazones para marcar mi lugar en *The Swiss Family Robinson*?

¡Tanta gente y tantos lugares que quizas nunca volvería a ver! Al mirar abajo, vi un cubrecamas formado por las caras y los recuerdos, extenderse hasta el mar —Monsito cargando nuestra funda de plátanos en su carretilla, tío Pepe en medias blancas, Porfirio regando las matas de jengibre mientras cantaba sus canciones tristes— y el hilo morado que cose una parte con otra era Chucha, mi querida Chucha, ¡quien me había ayudado a sobrevivir este año en que se desmoronó mi vida!

Me quedé viendo por la ventana, demasiado impactada siquiera para llorar, hasta que subimos a las nubes y no se podía ver ya nada. Un poco después, me recosté contra mami y me quedé dormida.

Cuando ella me sacudió para despertarme, estaba oscuro afuera del avión. Habíamos aterrizado. De alguna manera, caminé a tropezones medio dormida por la pista de aterrizaje, mami aferrándose a mí, hasta un avión más grande que nos llevaría a la ciudad de Nueva York.

Cuando me dí cuenta, tenía enfrente el paisaje que había visto en las postales que nos mandaba Lucinda, que hasta a Chucha dejaban sin habla: edificios tan altos que no podía creer que realmente fueran de verdad, y pedazos verdes dispersos como tapetes, y gente diminuta como hormigas a quienes podría borrar con tan sólo poner la mano en el pequeño recuadro de la ventana. ¿Cómo podría vivir en este mundo lleno de gente extraña y una luz grisácea en vez de en un país de primos y familia y amigos de la familia y sol eterno?

Aterrizamos y entramos a una terminal donde los oficiales nos llevaron a un cuarto para expedirnos unos documentos especiales. Luego uno de ellos nos estrechó la mano y dijo, «Bienvenidos á los Estados Unidos de América» y nos señaló el camino para salir de Immigración. Y allí estaba mi respuesta de cómo sobreviviría en este mundo nuevo y extraño: Mi familia nos estaba esperando —Mundín y Lucinda, mis abuelos, Carla, sus hermanas y tía Laura y tío Carlos y tía Mimí— todos ellos gritando, «¡Anita! ¡Carmen!» Carla dice que valía la pena verme la cara al momento en que la familia se precipitó y nos estrechó en sus brazos.

A finales de septiembre, aún no tenemos noticias de papi y tío Toni. Las García nos han invitado a que nos mudemos a su casa en Queens, pero mami no quiere ni hablar del asunto. Cualquier día de estos, regresaremos a casa. Los suburbios del campo son para aquellos que han decidido echar raíces en los Estados Unidos, como los García. La ciudad de Nueva York es donde te quedas antes de regresar a tu lugar de origen.

Mientras esperamos, mami decide que nosotros debemos perfeccionar el inglés. Lucinda ya es una experta por haber estado aquí desde febrero, pero Mundín y yo podríamos practicar un poco más. «¡Papi estará encantado!» dice con mucho ánimo. Hay un silencio incómodo cuando dice cosas así. Pero tengo tantos deseos de creerle que haré cualquier cosa, lo que sea para hacer que esto suceda.

Mami va a una escuela católica cercana y le pregunta a la directora si podemos estar de oyentes en cualquier clase hasta que regresemos a casa. La directora es una monja con un gorrito como de muñeca, sólo que negro. Es una de las Hermanas de la Caridad y quizá por eso sea tan amable y dice que sí, que nos pondrá donde haya lugar.

Al día siguiente ya no creo que sea tan amable. Estoy sentada en un pequeño pupitre en el segundo curso, la única aula de primaria que tenía cupo adicional. La maestra, Sor Mary Joseph, tiene una expresión dulce y algunos pelos pálidos en la barbilla y unos ojos de un azul aguado como si siempre estuviera llorando. Su aliento huele a moho, como una maleta vieja que nadie ha abierto en años.

—Annie es una alumna muy especial —le dice a la clase—, una refugiada de una dictadura —Cuando dice esto, me quedo viendo el piso de madera y trato de no llorar.

—Vino aquí con su familia para ser libre —explica Sor Mary Joseph. Pero no toda mi familia está aquí, tengo ganas de decirle. Y ¿cómo puedo ser libre cuando me preocupo tanto por papi y todo mi ser está tan triste que algunas mañanas apenas puedo levantarme?

—¿Te gustaría contarle algo a la clase sobre la República Dominicana? —me anima la monja anciana.

¿Cómo comenzar a contarle a gente extraña de un lugar cuyo olor impregna mi piel y cuyo recuerdo tengo siempre presente? Para ellos, sólo se trata de una lección de geografía; en mi caso, se trata de mi hogar. Además, hablar de mi país me entristecería demasiado en este momento. Me paro frente a esta aula llena de niñitos que se me quedan mirando, sin decir una palabra. Por lo menos les puedo demostrar que hablo su idioma, para que no crean que soy una tonta que tiene casi trece años y todavía está en el segundo curso.

—Gracias —murmuro— por dejarme entrar a su país.

Sor Mary Joseph me da una tarea para mí sola. Tengo que escribir una composición sobre lo que recuerdo de mi país natal.

—Quizá sea más fácil que escribas tus recuerdos en lugar de improvisar —me sugiere. Me muestra cómo debo hacer una crucecita en la parte superior de cada página y luego imprimir las iniciales J.M.J., para dedicar mi trabajo a Jesús, María y José. Abajo, en el primer renglón, debo escribir mi nombre, el cual ella escribe como Annie Torres, y la fecha, 4 de octubre de 1961.

Me concentro en mi trabajo, hago la crucecita en la parte de arriba de una página en blanco y dedico mi composición a J.M.J. Pero luego agrego M.T. y A.T., Mundo y Antonio de la Torre.

—¿Qué es eso? —dice Sor Mary Joseph, mirándome encima del hombro.

—Mi papá y mi tío —señalo cada grupo de iniciales.

Está a punto de protestar, pero luego sus ojos azules aguados se ponen todavía más aguados.

—Lo siento —susurra, ¡como si papi y tío Toni estuvieran muertos!

—Los voy a ver muy pronto —explico.

—Claro que sí, querida —dice Sor Mary Joseph, asintiendo. Hoy, el aliento le huele como esas funditas perfumadas que pone mi abuela en su gaveta de la ropa interior.

Mientras la clase repasa la letra cursiva, yo hago mi tarea. Al principio no se me ocurre qué escribir, pero luego me hago cuenta que estoy escribiendo en mi diario otra vez. Muy pronto estoy llenando página tras página, haciendo listas de gente y comidas y lugares que extraño, describiéndolos usando metáforas como nos enseñó la señora Brown. También escribo los dichos de Chucha que son mis favoritos:

> Con paciencia y calma, se sube el burro en una palma.
> Aunque la mona se vista de seda, mona se queda.
> No puedes secar la ropa de hoy con el sol de mañana.

Mientras escribo, casi puedo oír a Chucha a mi lado susurrando, ¡Vuela! ¡Vuela a la libertad! Esas fueron las últimas palabras que me dijo. ¿Pero cómo puedo ser realmente libre sin que papi esté en mi vida? Si algo le llegara a pasar, entonces esa parte que representa las alas en mí, moriría.

Cuando le entrego mi composición, Sor Mary Joseph la lee, con el lápiz de corregir en la mano. Me paro junto a su escritorio grande, mirando mientras baja su lápiz, corrigiendo mis errores. Se ríe cuando llega a la página con los dichos de Chucha.

—Muy bien —comenta, aunque las páginas están llenas de marcas rojas.

* * *

Para fines de octubre, papi todavía está en la cárcel y Ramfis todavía está en el poder. Ramfis cada vez está más loco, y en su afán de venganza se rehusa a cooperar con los americanos, así que ni siquiera el señor Washburn tiene muchos detalles. Decido escribirle a Oscar, que siempre parecía saberlo todo y preguntarle si se ha enterado de algo.

He tratado de escribirle antes. Pero cada vez que me sentaba a escribir, sentía que me embargaba una ola de nostalgia y tenía que guardar la carta.

Pero esta vez, tengo una misión, aunque debo tener mucho cuidado por los censores. Comienzo contándole todo sobre Nueva York, lo frío que se ha puesto y lo incómodo que resulta usar tanta ropa pesada; cómo la gente no sonríe mucho, de modo que es difícil saber si les caes bien o no; cómo estoy en la escuela aprendiendo mucho inglés (no menciono la parte sobre el segundo curso); cómo mi maestra, Sor Mary Joseph, me está haciendo escribir cuentos como la niña de *Las mil y una noches*; cómo ella presentó toda una sección de geografía acerca de la isla, y mami frió pastelitos para que yo los llevara, que a todos les gustaron mucho. Mezclo lo bueno y lo malo y, a veces, he de admitirlo, cuando no hay muchas cosas buenas que contar, invento algunas.

Luego, muy disimuladamente, agrego, «¿Cómo están las cosas en la corte del sultán?» Subrayo «sultán», pero luego borro el subrayado, en caso de que sea obvio que es una pista.

Le doy la carta a mi abuelo para que él la envíe, porque realmente no quiero que mami se entere de que le estoy escribiendo a un varón, aunque sea mi primo. Pero papito ve la dirección en el sobre y explica que no dejan pasar el correo. El país está completamente cerrado, igual que ese lugar que se llama Berlín, donde han puesto una cortina de hierro para evitar que la gente entre o salga.

Tomo la carta de nuevo y la rompo en muchos pedacitos. Luego abro la ventana y los miro caer, un rocío blanco abajo en el suelo. Algunas personas en la calle levantan la vista. ¿Quizá creen que está nevando? Las hermanas García que viven en Queens me han hablado mucho del invierno en este país. Para la Navidad, me han prometido, veré la nieve.

—Ya no estaré aquí para entonces —les sigo diciendo.

Pero a medida que pasan los días y se caen las hojas, como si los árboles tuvieran alguna enfermedad, y octubre cambia a noviembre, me pregunto si voy a quedarme aquí por mucho más tiempo que tan sólo la primera nevada del año.

Con frecuencia, en el camino de la escuela al hotel, paso a dar una vuelta por el supermercado. No importa qué tan triste esté, cada vez que me paro frente a la puerta y se abre por sí sola, siento una gran emoción como si estuviera de nuevo en Wimpy's. Me encanta caminar por los pasillos, como esperando encontrar a Chucha con el plumero grande que usa el empleado joven para limpiar los estantes. No puedo creer la cantidad de cajas y marcas. Sopas y salsas, latas de esto y latas de aquello, una docena de cereales distintos, miles de dulces. Hasta los animales en este país tienen mucho de donde escoger. ¡Seis tipos de comida para gatos! ¡¡Qué diría Monsito acerca de eso?!

Hoy no sé que me ocurre, pero en lugar de sólo mirar, tomo un carrito y subo y bajo por cada pasillo, llenando la canasta de cosas que me gustan mucho, haciendo de cuenta que tengo dinero para comprarlas. Cuando termino con todos los pasillos, el carrito está apilado tan alto que casi no puedo ver por encima. Me regreso por donde empecé, poniendo con cuidado todo en su lugar.

De pronto, un grandullón de pecho amplio se apresura por el

pasillo hacia mí. Trae un delantal blanco como de carnicero y su cara parece un pedazo de carne cruda, rosa y quizá furiosa. No sé distinguir bien lo que sienten las caras americanas, pero diría que este hombre se ve furioso.

Trato de comportarme como si tuviera edad suficiente para ir de compras yo sola. En un mes, cumpliré trece. La semana pasada, ¡una señora en el ascensor del hotel creyó que tenía catorce! Mi cara de niña se hunde en el pasado y una cara nueva sale a la superficie, con la nariz un poco respingada de mi abuela y los ojos hundidos de mi padre y la piel color café con leche de mi madre. Creo que lo único que me pertenece es la cicatriz arriba del ojo izquierdo, donde Mundín una vez me dio con un perdigón del rifle que había apuntado hacia el cielo.

El hombre se detiene justo enfrente de mi carrito como una barricada.

—¿Tiene el dinero para comprar todo esto, señorita? —su tono de voz sugiere que sabe que no es así.

Cometo el error de mirarlo a esos ojos fulminantes. Bajo su severa luz, seguramente se nota que no estoy cien por ciento segura de que debería estar haciendo esto. Tartamudeo un «Sí, señor» que apenas se oye, demasiado espantada en este momento como para hablar en un segundo idioma.

—¿No entiendes inglés? —dice, tomándome del brazo.

Estoy a punto de decirle que sí, pero ya me está sacando de un tirón de la tienda y echándome por la puerta que se abre sobre la acera. Algunos de los que pasan por allí voltean la cabeza para mirarme.

—No quiero que regreses si no estás acompañada por un adulto, ¿me entiendes? —Me está dando palmadas por arriba y por abajo para ver si me llevé algo.

Al principio nada más me quedo allí, avergonzada, sometida a su requisa como si hubiera hecho algo malo. Pero cuando me da una palmada en el pecho con su manota, grito en inglés:

—¡No estaba haciendo nada! ¡Este es un país libre! —De hecho, no estoy tan segura de que sea cierto. ¿Quizá este sólo sea un país libre para los americanos? ¿Quizá si un policía pasara de casualidad por aquí, toda mi familia sería deportada, adonde el hijo del dictador nos mataría a todos?

Este pensamiento es tan aterrador que es como si tuviera las fuerzas de Supermán. Me zafo de las garras de ese hombre y me echo a correr por la cuadra, dando vuelta a la izquierda, luego a la derecha, tratando de esquivar a cualquiera que me siga al Beverly. Cuando llego al hotel, paso corriendo al lado del portero americano, que no es tan simpático como el puertorriqueño, y continúo alrededor de la puerta giratoria hacia el interior del vestíbulo, donde, en lugar de esperar el ascensor, corro escaleras arriba de dos en dos hasta el décimo piso, el corazón latiéndome tan fuerte que estoy segura de que me va a explotar.

Me detengo ante nuestra puerta, tratando de recobrar el aliento y calmar el pánico desenfrenado que estoy segura se me nota en la cara. Adentro, escucho llorar a mi abuela. Es probable que mami acabe de terminar una de sus dos llamadas semanales al señor Washburn en Washington.

Una parte de mí quiere evitar entrar y enfrentar noticias todavía más tristes. Pero el terror que me provoca la deportación es mayor que la desilusión a la cual me estoy acostumbrando. Así que toco suavemente a la puerta y llamo en voz débil:

—Soy yo.

Mundín abre la puerta, tiene la cara tan pálida y exhausta que estoy segura que de alguna manera la policía me ha seguido la pista y mi familia está metida en un gran lío.

Comienzo a llorar.

—Yo no estaba haciendo nada malo.

Mundín me toma de la mano.

—El señor Washburn está aquí —dice en una voz monótona, como si le acabara de pasar un tren por encima.

Mientras sigo a mi hermano al cuarto principal, pienso, ¿cómo es posible que el señor Washburn viniera desde Washington hasta aquí a deportarnos cuando el incidente del supermercado acaba de suceder? ¿Quizá ya estaba en Nueva York? ¿Quizá el hombre del supermercado había planeado una emboscada de antemano con el Departamento de Estado? Pero aún mientras considero estas posibilidades exageradas, sé que sólo estoy tratando de no pensar en la razón obvia por la que el señor Washburn está aquí, una razón más horrible que cualquier administrador de supermercado o policía molesto que viene a denunciarme por meterme en problemas.

En el sofá donde Mundín duerme en la noche están sentadas mami y Lucinda, abrazadas. Mi abuelo se echa hacia adelante en el sillón reclinable, escuchando algo que dice el señor Washburn. Otro señor en uniforme militar que me da la espalda está de pie detrás del asiento del señor Washburn. En el otro cuarto, escucho llorar a mi abuela.

—Tuvo que ir a acostarse —explica Mundín—. Tuvo que tomar un tranquilizante.

—¿Por qué? —pregunto. Mi corazón se encuentra al borde de un lugar muy elevado, y espero sin aliento a que caiga y se haga mil pedazos, o a que las buenas noticias lo rescaten al último instante.

El señor Washburn se para y me estrecha entre sus brazos.

Cuando me suelta, sigo a Mundín a un lugar en el sofá junto al sillón reclinable de papito, agarrándome el pecho como si pudiera meter la mano y calmar el corazón dentro de mis costillas. Mientras paso por donde está mami, ella levanta la vista y comienza a llorar.

Mi abuelo se inclina y me toma por ambas manos.

—Todos vamos a tener que ser muy valientes —dice en voz baja. También tiene los ojos rojos. Luego dice las palabras que nunca olvidaré—: Tu padre y tu tío están muertos.

—Ayer recibimos un informe —comienza a explicar el señor Washburn—. La familia del dictador aceptó irse. —Su voz suena oficial, pero de vez en cuando, pequeñas nubes de tristeza viajan en ella.

—Justo antes del amanecer, Ramfis salió a su finca de la playa. Mientras tanto, sus amigotes del SIM manejaron hasta la prisión y sacaron a los seis conspiradores que quedaban y se los llevaron a la playa . . . —El señor Washburn deja de hablar repentinamente. Después de un momento, agrega—: Lo siento.

—¡Díganos! —mami le ordena—. Quiero saber cómo murieron. Quiero que mis hijos lo escuchen. Quiero que mi país lo escuche. Quiero que los Estados Unidos lo escuchen.

Parece estar tan absolutamente segura que el señor Washburn carraspea y prosigue.

—Ramfis y sus compinches estaban bastante borrachos. No estamos seguros, pero quizá también estaban drogados. De cualquier forma, ataron a los prisioneros a las palmeras y les dispararon, uno por uno, hasta que murieron todos. Luego llevaron los cuerpos al mar y los echaron por la borda.

Antes de que el señor Washburn termine, mami está sollozando; sus sollozos son enormes, como si tratara de sacar a puñados toda la tristeza que lleva dentro para dar cabida a otros sentimientos. Lucinda también solloza, pero distraídamente, mirando a mami, temerosa de esa pena tan profunda que ninguno de nosotros ha visto jamás. Papito y Mundín se secan los ojos, mi abuelo con su pañuelo bordado con sus iniciales que me recuerda el de papi, Mundín con el dorso de la mano.

Pero yo no lloro. No de inmediato. Escucho con cuidado hasta el final. Quiero acompañar a papi y a tío Toni hasta el último momento.

Cuando el señor Washburn termina, mami y Mundín y Lucinda y yo nos ponemos de pie y nos abrazamos. Papito se nos une, todos nosotros llorando dentro del espacio vacío al centro de nuestra familia.

once

Mariposas de nieve

—¿Cómo va a ser? —le pregunto a mi prima Carla.

—Es difícil describirlo —dice Carla —. Espera y lo verás.

Nos estamos quedando con los García en Queens hasta que encontremos casa cerca de aquí. Mami y Lucinda y Mundín están adentro con el resto de los primos y mis tías y tíos y abuelos, pero Carla y sus hermanas están de pie conmigo en el patio trasero con guantes y gorros y abrigos, esperando a que caiga la primera nevada. Todo el día el radio ha pronosticado un Día de Acción de Gracias con nieve. El cielo gris se ve pesado, y parece colgar bajo, como una piñata llena de nieve.

Carla ha crecido mucho desde el año pasado cuando éramos mejores amigas en nuestro país. Trae el pelo hacia atrás y usa un cintillo en lugar de ponérselo detrás de las orejas, y se pone algo brilloso en los labios, para que no se le agrieten, dice, pero parece como una especie de pintalabios. Habla tan rápido el inglés que a veces tengo que pararla y decirle, «En español, por favor», lo que le encanta a tía Laura, ya que se preocupa de que sus hijas estén olvidando su lengua materna por tener que hablar únicamente inglés en la escuela.

—Por lo general, no neva en esta época —dice Carla. ¡Habla como si hubiera vivido toda la vida en los Estados Unidos!—. Esto es algo especial, Anita.

—Es de buena suerte que neve antes de Navidad —agrega Yolanda.

—¡Estás inventando! —Carla le echa una mirada a su hermana menor. Y quizá sea cierto que Yolanda otra vez lo esté haciendo. Pero me conmueve que las García traten de compensar por lo que pasó con papi.

—Muchachas —nos llama tía Laura desde la ventana de la cocina que acaba de abrir—, ya casi estamos listos para comer.

Es el día del pavo, como le dicen mis abuelos, pero debido a que asistí a un colegio americano, sé que su nombre verdadero es *Thanksgiving*, o Día de Acción de Gracias, el día en que los pioneros, de sombrero y capa negros, dieron gracias por haber sobrevivido su primer año en los Estados Unidos. Han venido algunos de mis primos del Bronx y mis abuelos vinieron de la ciudad en un tren que viaja bajo tierra. No estamos todos aquí porque tío Fran y su familia están en Miami, y tía Mimí tiene un novio que la llevó a conocer a sus padres. Pero la mayoría . . . del resto de nuestra familia está aquí.

Por lo general, Carla y sus hermanas tienen que ayudar, pero hoy hay «*too many cooks in the broth*» o demasiados cocineros en el sancocho, como dice tía Laura. (Hasta yo sé cuando mi tía se equivoca con los dichos en inglés.) Así que hemos dado vueltas a la cuadra quién sabe cuántas veces, pasando por la casa donde vive un muchacho muy buen mozo de la clase de Carla. Carla siempre se está enamorando y hablando de casarse. Mami dice, y estoy de acuerdo, que Carla se ha vuelto muy enamoradiza en este país. Pero Carla afirma que eso es lo que pasa cuando una niña entra al séptimo curso. (Siento decírselo, pero a mí me sucedió en el sexto.)

Nos mudamos a casa de los García hace un par de semanas, después de enterarnos de las noticias. De inmediato, mami me inscribió en la escuela católica a la que asisten Carla y sus hermanas. Me hicieron repetir el sexto curso porque falté a la mayoría de las clases cuando estaba en mi país. Pero la directora, Sor Celeste, me prometió que si adelanto, quizá me pueda brincar al curso de Carla para la primavera.

¡Yo esperaba que para ese entonces ya nos hubiéramos ido! Pero ahora mami dice que no vamos a regresar, no por mucho tiempo, hasta que las heridas de nuestros corazones hayan sanado.

¿Me pregunto cuánto tiempo tomará eso? ¿Cómo podré llenar el vacío que papi dejó atrás?

Mami sale para avisarnos que es hora de comer. Se ve tan triste y delgada. Trae un abrigo negro que antes era de tía Laura y que parece que le queda muy grande, aunque sea de la misma talla que mi tía, o antes lo fuera. Debajo del abrigo negro trae un vestido también negro que se ha puesto durante semanas. Trae a la pequeña Fifí de la mano, quien supongo que ha estado llorando porque quería estar afuera con sus tres hermanas mayores.

—¿Cayó algo? —pregunta mami, mirando hacia arriba. Mami ha visto antes la nieve, cuando viajó con papi a los Estados Unidos un invierno, pero está entusiasmada por mí y me sigue contando sobre su primera vez. Ella y papi hicieron bolas con la nieve acumulada en el canto de la ventana de su hotel y se las lanzaron el uno al otro dentro de la habitación. Desde esta mañana, ha estado inspeccionando el cielo como si fuera el pavo en el horno que podría cocinarse más de la cuenta. Pero no ha caído ni un copo de la bruma gris allá arriba.

—Será mejor que entren ahora —dice mami—. Podría tardar

todavía y ya saben cómo se pone su mamá. Le echa un vistazo a las García. Ya lo saben. Tía Laura se preocupa casi igual aquí que cuando estábamos allá.

Vamos adentro, la pequeña Fifi corre junto a sus hermanas. Yo me quedo atrás, pero mami me espera, luego me pone el brazo por la cintura. Nos hemos vuelto más unidas otra vez en estos últimos meses de tanto esperar y rezar para que todo saliera bien. Ahora que no ha sido así, siempre que puede me abraza, como si temiera perderme, como ha perdido todo lo demás.

—¿Qué tal el paseo? —me pregunta.

—Estuvo bien —le digo para que no se preocupe. ¿Cómo contarle de la enésima vez que Carla me hizo pasar por la casa de Kevin McLaughlin, con la esperanza de alcanzar a verlo adentro de su casa, comiendo pavo?

—Es difícil acostumbrarse a que todo esté tan gris y tan muerto —suspira mami, mirando hacia arriba a los árboles desnudos. Al mencionar la muerte, puedo sentir que me aprieta más por la cintura—. Tu primer Día de Acción de Gracias americano —dice, tratando de sonar alegre. Mientras la sigo al interior, veo de reojo un pequeño copo de polvo y luego otro. Pero no, pienso, no puede ser. Espero que parezcan paños de encaje, como los que mi abuela tejía a ganchillo antes de que tuviera que abandonar su hogar y venirse a este país.

En el comedor, le han abierto las alas abatibles a la mesa grande para que quepan todos los adultos. Parece como una reunión de cuervos, todos de negro. Yo me siento con la juventud en la mesa pequeña para los niños, al lado del ventanal.

—Te damos gracias, Señor, por lo que nos has concedido —comienza tío Carlos, pero se le entrecorta la voz. Mundín dice que nuestro tío se ha sentido muy mal por haber salido justo a tiempo y dejar que mi padre y tío Toni y los demás soportaran lo peor de la ira del hijo del dictador.

—Más que nada, te damos gracias por reunir a la familia —prosigue mi abuelo—, para llorar la muerte y celebrar a aquellos que dieron la vida por el resto de nosotros.

—¡Amén! —dice Fifí cuando nadie dice nada. Está aprendiendo a rezar y cada vez que sabe una palabra, la grita, fuerte y con ganas. Todos se echan a reír, algunos de nosotros entre lágrimas.

Esta mañana, la señora Washburn llamó a mami para decir que estaba pensando en nosotros en este Día de Acción de Gracias. Habló un ratito con mami y luego mami me pasó el teléfono.

—Hola —me saludó una voz familiar—, siento mucho lo de tu papá —dijo Sam—. Mi papá dice que fue un héroe.

No supe qué decir. Sólo se me ocurrieron tonterías, como, «Te agradezco que sientas mucho que hayan matado a mi padre».

—¿Qué te parece Nueva York, Anita?

Le dije lo que le digo a todo el que me pregunta.

—No está mal. Sammy antes presumía que este era el mejor país del mundo. Espero no haberlo ofendido con mi respuesta desganada.

—Si quieren visitarnos, mamá dice que tú y Lucinda y Mundín pueden venir—Por la manera en que Sam titubeaba mientras decía esto, me di cuenta que su mamá le estaba aconsejando qué decir al otro lado.

Carla estaba de pie a mi lado, esbozando con los labios un «¿Qué?». Me volteé para el otro lado para que dejara de hacerlo. Le había contado de Sammy, haciéndolo parecer más como un antiguo novio para estar a la altura de la sofisticada vida de mi prima y sus romances del séptimo curso.

—Gracias, Sam —dije cuando terminó de invitarme. Aunque ya habíamos dejado atrás esa etapa en que nos gustábamos, Sam había sido una especie de primer amor, así que agregué:

—Muy pronto vamos a conseguir nuestra propia casa. Mami dice que cuando lo hagamos, puedo invitar a mis amigos. ¿Te gustaría venir?

—¡*Wow*! Podríamos ir a un juego de los Yanquis. Mamá —llamó—, Anita me acaba de invitar a Nueva York a ver jugar a Yogi Berra y Mickey Mantle.

Volteé a ver a Carla, que arqueaba las cejas de una manera peculiar. Negué con la cabeza, sólo para que lo supiera. No, no quiero casarme con Sam Washburn cuando sea grande.

Estoy tan llena que ni siquiera puedo acabar lo que está en mi plato. Tan pronto como recogen la mesa, Yolanda comienza a preguntar si podemos salir. Mami dice, «Un segundito» desde la cocina, y al momento, regresa con un bizcocho de cumpleaños con la forma de la isla, con trece velas ardiendo encima.

Todo el mundo comienza a cantar «Feliz cumpleaños» . . . ¡a mí!

—Ya que no vamos a estar todos juntos la semana que entra —explica tía Laura.

Mami coloca el bizcocho frente a mí para que pueda pedir un deseo antes de soplar las velas. Pero sólo se me ocurre una cosa que realmente quiero, que no puedo obtener. Quizá mami se da cuenta de lo que deseo, porque me pasa la mano por los hombros y me susurra al oído:

—Si quieres, puedes pedir tu deseo más tarde —lo que me parece una buena idea, ya que no puedo pensar claro con dieciséis personas diciéndome que me apresure antes de que se derritan las velas sobre el bizcocho.

—¿Ya podemos salir? —pregunta Yolanda tan pronto como terminamos de comer el bizcocho. La nieve ha estado cayendo sin cesar desde que entramos.

Tía Laura niega con la cabeza.

—Primero tienen que hacer la digestión.

No puedo creer que tía Laura se haya vuelto todavía más estricta en los Estados Unidos. La nieve está hecha de agua, me dan ganas de decirle. No es un mar, donde puedes ahogarte si nadas después de una comida. Pero mami nos ha recordado que somos los invitados y debemos portarnos mejor que nunca. No tengo la más mínima intención de recordarle a mi tía que se supone que este es el país de la libertad.

Las tías y los tíos echan sus sillas para atrás y comienzan a contar historias. Mi abuela da comienzo con una anécdota de cuando papi tenía mi edad. Cuando ella comienza, me doy cuenta que es una historia que he escuchado antes y mi abuela se equivoca en muchos detalles. Mami susurra que mamita está confundida debido a esta pena tan grande, que la deje que lo cuente a su manera.

Sigo viendo por la ventana, mirando la nieve caer más y más densa. Me alegra que mi primera nevada haya ocurrido antes de que cumpla los trece. He querido alcanzar a hacer muchas cosas antes de la semana siguiente, para que cuando tenga hijos, pueda decirles «cuando yo tenía tu edad . . . » tendré mucho que decirles. Para cuando tenía tu edad, ya había vivido en un clóset vestidor, sobrevivido a una dictadura, tenido dos novios, más o menos, y . . . perdido a mi padre.

Tía Laura ve que estoy mirando hacia afuera por la ventana y creo que se siente mal por negarme algo en estos momentos.

—Vamos, vamos —dice—, si la montaña no viene a Mahoma, Mahoma va a la montaña. ¡Abríguense!

Yolanda y Carla y Sandi y yo nos ponemos las botas y los abrigos. La pequeña Fifi insiste en ir y por fin su madre se lo permite. Lucinda dice que somos unas loquitas por salir cuando hace tanto frío, ¿dónde tenemos la cabeza? Mundín se niega cuando le pregunto si quiere acompañarnos. Está escuchando las historias sobre papi como si nunca antes las hubiera oído. Tía Laura dice que Mundín ha sido el más afectado, si es que se puede medir algo así. Supongo que si las manos son la medida, tendría que estar de acuerdo. Sólo basta bajar la vista y ver las uñas de mi hermano para ver lo que ha estado haciendo en sus ratos de ocio.

En la puerta, Carla corre al teléfono del sótano. Tiene que hacer una llamada importante mientras su madre está en el comedor. Ya sé a quién va a llamar. Marca el número de la casa de Kevin y una vez que le contesta, ella le cuelga.

Mientas salimos, escucho a mi abuelo contar la historia de cómo compró el terreno para el complejo después del gran ciclón de 1930. También me sé esa historia. Cómo construyó su casa, y después cada uno de sus hijos e hijas se casaron y construyeron las suyas alrededor de él, en lugar de como ahora, uno en el Bronx, otro en Miami y una hija en Queens. Explica que el nuevo gobierno nos va a devolver el complejo, que tendremos que decidir si queremos vender la propiedad o quedarnos con ella.

Y luego su voz se interrumpe bruscamente debido a que la antepuerta se cierra de golpe tras de mí.

* * *

Hace algunos días, tío Pepe estaba en la ciudad de Nueva York con el embajador italiano en asuntos oficiales y vino a vernos a casa de los García. Mami lloró y le agradeció ser tan valiente y ayudarnos durante una época tan peligrosa.

—Soy yo quien les agradece —tío Pepe inclina la cabeza—, a ti y a tus hijos, por haber sacrificado a un esposo y a un padre para la liberación de nuestro país.

Tío Pepe tenía una carta que Oscar me había enviado. Carla estaba super curiosa, pero yo no se la quería enseñar. Temía que comenzara a construir un elaborado romance al estilo Romeo y Julieta con Oscar, como yo misma lo había hecho una vez. Carla también siempre me pregunta por mi diario, pero todavía estoy demasiado dolida como para leerlo yo sola, mucho menos compartirlo con alguien más.

A decir verdad, ya no sé qué siento hacia Oscar o ante cualquier cosa. Ando por ahí fingiendo que todo está bien. Mientras tanto, por dentro, estoy entumecida, como si mi hubieran enterrado en la tristeza y mi cuerpo se hubiera zafado, pero el resto de mí todavía estuviera atrapado.

En su carta, Oscar se acababa de enterar de lo que le pasó a mi papá. Dijo que era algo tan triste. Que recordara que mi padre y mi tío eran héroes que habían liberado a nuestro país. Sonaba tal y como su padre. Me hizo llorar de nuevo.

También explicó que me había tratado de escribir muchas veces. Pero hasta hace una semana, la familia del dictador tenía todo el control y sólo se permitía que saliera la correspondencia esencial. Ahora han huido, y el país va a llevar a cabo las primeras elecciones libres en treinta y un años. Todo el mundo tendrá la oportunidad de votar por un presidente.

«Todo eso se debe a tu padre y tu tío y sus amigos. ¡Debes sentirte tan orgullosa!»

Oscar tenía otras noticias. Había ido a Wimpy's, donde había visto a Chucha. Cuando le dijo que me iba a escribir, ella le dijo que me dijera que recordara mis alas. Chucha debe tener una visión de larga distancia para poder ver lo deprimida y triste que me siento. Creo que por fin entiendo lo que ella y papi querían decir con que querían que yo volara. Era algo así como las metáforas de las que siempre hablaba la señora Brown. Ser libre en tu interior, como un pájaro sin jaula. Entonces no hay nada, ni siquiera una dictadura, que pueda quitarte la libertad.

Oscar también dijo que el Colegio Americano iba a volver a abrir sus puertas muy pronto. Mientras tanto, él y algunos de nuestros compañeros iban a tener clases en el antiguo cuarto de juegos de la planta alta. Rellenaron los agujeros y sacudieron los estantes de los libros. Recientemente, ¡oh, sorpresa! Oscar encontró el marcador de la reina de corazones en *The Swiss Family Robinson*.

«Cuando regresamos de la playa», escribió al final, «noté que algo había cambiado. Mami y papi comenzaron a cenar con nosotros y mami dejó de poner las sobras en una fundita plástica en sus piernas. Sin embargo, todavía me paro en el jardín y miro arriba hacia cierta ventana.»

Leo y releo la carta de Oscar yo sola en el baño de los García con la puerta cerrada, tal como en los viejos y tristes tiempos en mi escondite, escribiendo mi diario en el baño de los Mancini.

La nieve realmente es tan mágica como mami dijo que sería, y neva tanto y sin embargo tan silenciosamente que parece que una cosa no corresponde a la otra. Todo está cubierto de una capa esponjosa de color blanco, como un bizcocho de bodas que no quieres cortar en pedazos. Los carros, los arbustos, los comederos de pájaros, ¡hasta las tapas de los zafacones de la basura traen puestos sombreros blancos! Es tan hermoso que te deja sin aliento. Esto es algo que no quiero olvidar. Un mundo totalmente nuevo que nadie ha podido arruinar todavía.

Y además te pone de buen humor. Sandi comienza a dar saltos de ballet que se ven bastante bobos en un abrigo de invierno y Yolanda se tambalea como si estuviera borracha para hacernos reír. Levanto la vista y cientos de besos de mariposas me llueven en la cara. Por primera vez desde que escuché las noticias, siento como si despertara de la pesadilla que sigo teniendo, donde me entierran viva en lugar de papi porque nadie encuentra su cadáver.

Cierro los ojos . . . y en lugar de papi y tío Toni caminando por la playa, veo a papi sentado en la orilla de mi cama un día no muy lejano en un lugar ahora tan lejano, diciendo, «Prométeme, prométeme». Muevo la cabeza de un lado a otro para ahuyentar el recuerdo. Los copos de nieve vuelan de mi pelo.

—Ay, no te los sacudas —suplica Sandi—. Se ven tan bonitos, como pequeños *marshmallows*. Anita bonita, Anita bonita —comienza a recitar. Se le unen sus hermanas.

Sonrío, pero tengo ganas de llorar, recordando la corona de *marshmallows* de papi que mami me había recordado cuando estábamos escondidas. Casi cualquier cosa que alguien diga hoy día puede despertar un recuerdo.

—Vamos a hacer un muñeco de nieve —dice Fifi—, pod favod, pod favod, pod favod—Es difícil resistir su manera encantadora de hablar, pero a Sandi se le ocurre algo mejor:

—Vamos a hacer unos ángeles. Son mucho más bonitos —anima a Fifi ya que está de mal humor.

Sandi explica que tenemos que acostarnos en el suelo y mover los brazos y las piernas de arriba abajo; me da la impresión de que nos vamos a ensuciar, pero también a divertir: algo más para anotar en la lista de cosas que he hecho antes de cumplir los trece.

Nos echamos en la nieve y abrimos y cerramos los brazos y las piernas como locas, y luego nos da un frío que corremos adentro gritando.

—¡Les va a dar un resfriado de muerte! —Tía Laura nos regaña mientras seca con una toalla a Fifi. Es sorprendente —una vez que pones atención— con cuanta frecuencia la gente menciona la muerte para tratar de asustarte.

Pero ahora que papi está muerto, ya no me asusta tanto morir. A veces, creo que da más miedo estar viva, sobre todo cuando tienes la sensación de que nunca serás tan feliz y te sentirás tan despreocupada como cuando eras pequeña. Pero sigo recordando el sueño de Chucha. Ella vio que nos brotaban alas, que volábamos alto y lejos. Debe significar algo más que nuestra venida a los Estados Unidos. Después de todo, como Chucha misma diría, ¿de qué sirve liberarte, sólo para sentirte prisionera de tu propia miseria?

Esa noche, más tarde, las niñas García y yo estamos sentadas en la habitación que compartimos todas, hablando de lo mucho que comimos y de cómo mañana nos vamos a poner a dieta. Tío Carlos regresó de hacer dos viajes para llevar a los parientes al metro, y ahora está acostado en la cama, leyendo un libro de historia que haría dormir hasta a un búho. En la planta baja, mami y tía Laura y Lucinda se sientan a la mesa de la cocina, recordando cosas que sucedieron en el pasado. Mundín saca la basura y Fifi está profundamente dormida en la otra habitación al final del pasillo. Me llena de asombro que en esta pequeña casa, de alguna forma, como en un rompecabezas, cada uno tiene su lugar.

Carla se acerca a la ventana que da al patio trasero y a los otros patios traseros de la cuadra para ver si puede alcanzar a ver la luz del cuarto de él. (¡Cómo sabe cuál es la habitación de Kevin, no puedo imaginarlo!) Al verla parada allí, recuerdo todas esas veces en que acostumbraba a mirar por la ventana con la esperanza de ver a Oscar en el jardín. Ahora me pregunto si realmente estaba enamorada de él o de ese pequeño recuadro de libertad: ¿la brisa en el pelo y el sol sobre la piel?

—Oigan —señala Carla—. Vengan a ver sus ángeles de nieve. ¡Miren qué lindos! ¡El de Fifi es tan pequeño!

Nos juntamos en la ventana. Mundín debe haber olvidado apagar la luz de afuera, porque el patio trasero está inundado de luz.

Lo que veo cuando miro abajo no son ángeles, sino mariposas, los arcos de los brazos conectados a los arcos de las piernas como un par de alas, ¡con nuestras cabezas resaltando en medio! Estoy segura de que si Chucha estuviera aquí, diría que es una señal. Cuatro mariposas de papi, recordándome que vuele.

Cierro los ojos, pero en lugar de pedir un deseo, pienso en papi y tío Toni y sus amigos que murieron para que todos nosotros fuéramos libres. El vacío en mi interior comienza a llenarse de un amor poderoso y de un orgullo valiente.

Sí, papi, digo, te prometo que lo intentaré.

Nunca olvidaré el día en 1960 cuando mis padres nos anunciaron que íbamos a salir de nuestro país natal, la República Dominicana, para ir a los Estados Unidos de América. Seguía preguntándole a mi madre por qué teníamos que irnos. Lo único que dijo, en una voz baja y tensa, fue:

—Porque tenemos suerte.

Después de nuestra llegada a la ciudad de Nueva York, mis padres explicaron por qué habíamos salido a toda prisa de nuestra patria. Muchas de las preguntas que me inquietaban comenzaron a encontrar respuesta.

Durante más de treinta años, nuestro país había estado bajo el gobierno sanguinario del general Trujillo. La policía secreta (SIM) vigilaba lo que todo el mundo hacía. Las reuniones públicas estaban prohibidas. La más leve resistencia podía acarrear detención, tortura y muerte para ti, así como para tu familia. Nadie se atrevía a desobedecer.

Un movimiento clandestino en contra de la dictadura comenzó a crecer y a difundirse por todo el país. Los miembros se reunían en casas, tratando de idear la mejor manera de derrocar la dictadura. Mi padre y algunos de sus amigos y mi tío, que vivía al lado, se integraron a este movimiento.

A principios de la década de los sesenta, el SIM capturó a

algunos miembros del movimiento clandestino. Bajo tortura extrema, comenzaron a revelar nombres. Mi padre sabía que era cuestión de tiempo antes de que él y su familia fueran detenidos. Por medio de la ayuda de un amigo, se las arregló para obtener una beca para hacer una especialidad de cirugía en la ciudad de Nueva York. Después de mucho rogar, el régimen nos otorgó visas para viajar a los Estados Unidos.

Mi madre tenía razón. Fuimos muy afortunados en haber escapado. El último año de la dictadura fue uno de los más sangrientos. Después de que el Jefe fuera asesinado el 30 de mayo de 1961, su hijo mayor, Ramfis, que se convirtió en el nuevo dictador, se vengó con el país entero. Mi tío que vivía al lado de nosotros fue detenido por el SIM debido a su participación con los miembros del complot. Durante meses, mis primos vivieron bajo arresto domiciliario, sin saber si su padre estaba vivo, rezando y esperando a que volviera a casa.

Aunque han pasado muchos años desde esa época triste, todavía hay momentos en que me pregunto cómo habría sido la vida para ellos.

Así que decidí escribir una novela, imaginándome la vida de aquellos que se quedaron atrás, luchando por la libertad. Elegí basar la historia sobre el régimen de Trujillo en la República Dominicana, porque era lo que me había tocado vivir. Pero esta historia podría haber tomado lugar en cualquiera de las muchas dictaduras de Nicaragua, Cuba, Chile, Haití, Argentina, Guatemala, El Salvador u Honduras: un acontecimiento triste pero que hasta hace poco no era raro que ocurriera en la porción sur de nuestra América.

Hay una tradición en los países latinoamericanos conocida como testimonio. Es la responsabilidad de los sobrevivientes de la lucha por la libertad de contar la historia para mantener vivo el recuerdo de los que murieron.

Muchos de los testimonios más conmovedores de la dictadura dominicana no han sido escritos. Quiero agradecer a todos aquellos que me ofrecieron sus historias de esa época dolorosa. Quiero dar un agradecimiento especial a mis primos, Ique y Lyn y Julia María, y a mi tía Rosa, por compartir sus recuerdos conmigo. Mi tío Memé, que sobrevivió a la experiencia de la cárcel, a menudo me preguntaba si algún día podríamos escribir un libro juntos. Estas no son las memorias que él hubiera querido, sino una manera ficticia de cumplir con mi promesa. De dar testimonio.

En la República Dominicana, también existe la tradición de dar gracias a nuestra santa patrona, la Virgencita de la Altagracia. Le doy gracias a ella por ayudarme a escribir esta historia. Y gracias a los ayudantes que me puso en el camino: mis editores, Andrea Cascardi y Erin Clarke; mi agente, Susan Bergholz; mi compañero, Bill Eichner.

Un agradecimiento especial a Lyn Tavares, Soledad Alvarez, Miguel Ángel Fornerí, Gisell Stephanie Galán y Antonio Alfau por su ayuda para «aplatanar» la traducción con sus dominicanismos. Y mil gracias a la traductora Liliana Valenzuela, una quisqueyana honoraria.

Por último, quiero agradecer a mi vecina y amiga en Vermont, Liza Spears, quien leyó una versión anterior de este manuscrito y me ofreció sugerencias útiles y me dio ánimo. ¡Gracias, Liza!